Patrick Lapeyre

La lenteur de l'avenir

Gallimard

Patrick Lapeyre est né en juin 1949 à Paris. Il est l'auteur de six livres, dont *L'homme-sœur* qui a obtenu le prix du Livre Inter en 2004.

COLLECTION FOLIO

Prologue

Ils doivent être là depuis toujours, étendus dans la pénombre d'une chambre. Ils sont étendus sur des draps usés, doux certainement d'avoir trop servi, pendant que la lumière tourne sur les murs de la chambre. La télévision retransmet en direct les images d'un match de tennis. Lui est allongé en travers du lit, elle assise sur le bord, le dos calé par l'oreiller, le téléphone posé sur les genoux. Elle écoute la voix de sa mère en feuilletant un catalogue de vente par correspondance. (Sa mère parle très fort dans l'appareil.)

La pénombre est telle dans la chambre qu'une partie du visage leur fait toujours défaut, parfois l'œil, parfois le front ou la bouche. Alex respire par la bouche, la nuque posée sur son ventre, pendant qu'elle téléphone. Elle souffle dans ses cheveux. Au-dessus d'eux, le son de la télévision est coupé et les images de tennis et les plans de ciel limpide leur parviennent de nulle part. Sa mère dit dans l'appareil que ce serait mieux qu'elle vienne samedi soir, car il y aura Anna et son mari. Elle demande : « Tu m'écoutes ? », et Muriel à nouveau répond oui, en ayant l'impression de tenir une note.

— Alex est avec toi ?

— Oui, je te l'ai déjà dit.

— Mais, sérieusement, il veut continuer sa boxe ?

Elle a raccroché. Maintenant il repose, la tête sur ses genoux, comme un enfant, et elle regarde ses blessures de guerre, son nez cassé, les cicatrices roses de ses arcades. Elle aime bien veiller sur lui pendant qu'il dort. Elle arrange ses cheveux en dégageant ses oreilles. Sur les murs de la chambre, il a accroché des photos de boxeurs noirs, Joe Louis, Cassius Clay, Ray Sugar Robinson et un autre, dont elle a oublié le nom, qui a l'air de flotter dans son short. La seule photo qu'elle a accrochée elle-même, à côté du lit, est toute petite comparée aux autres : c'est celle de son père. Elle a été prise pendant la guerre d'Algérie, le 8 mars 1959, d'après la date écrite au crayon. Il est assis sur le capot d'une jeep, son fusil calé entre les genoux, et tient par les épaules un autre soldat qui rit en rejetant la tête en arrière. Elle regarde à nouveau l'écran de la télévision. Elle a le sentiment que le temps revient au lieu de passer. À cause de la chaleur, ils ont laissé les fenêtres ouvertes et les stores suspendus à mi-hauteur pour avoir la sensation du vent. Elle essaie de suivre le match. Le joueur qui se trouve au fond du court a mis une casquette pour ne pas être ébloui par le soleil. L'autre est de dos et n'arrête pas de sautiller comme s'il avait la plante des pieds à vif. Elle voudrait savoir qui est en train de gagner.

Cette date du 8 mars 1959 lui fait battre le cœur depuis des années, sans qu'elle soit jamais parvenue à comprendre la cause de son émotion. Elle se souvient parfaitement de la fois où elle l'a vue au revers de la photo et de la réflexion qui lui est venue à l'esprit : je n'étais pas encore née. Depuis elle a tenté de l'imaginer des centaines de fois, ce 8 mars 1959 ; peut-être parce que c'est tout simplement *le jour où elle n'existait pas.* Elle s'est levée du lit sans le réveiller. Elle a envie de prendre une douche froide et de s'habiller. Elle s'installe ensuite dans la cuisine avec un magazine, pendant que le ventilateur tourne sur son socle en faisant un bruit d'avion. Elle sent le parfum des pivoines. Le voisin d'en face, Monsieur Benetti, est allongé dans sa chambre pour qu'on lui fasse sa piqûre hebdomadaire. D'après les gens de son immeuble, il s'agit d'un homme bizarre, perpétuellement survolté par la politique et les rencontres sportives. À l'autre étage, il y a un bébé qui crie très fort la nuit et qui lui donne des frissons. Elle l'appelle le petit prisonnier des étoiles. Elle retourne chercher les affaires d'Alex qui sont restées sur la chaise. Quelquefois, en poussant la porte de la chambre, elle a la sensation de marcher dans son sommeil. Elle s'assoit un instant pour lui caresser les jambes. Elle trouve incroyable qu'il puisse dormir autant l'après-midi.

Il est assis en face d'elle, avec son walkman sur les oreilles. Depuis le début de la semaine, il semble habité par quelque chose d'inquiet et d'indéfinissable, quelque chose qu'il ne peut pas lui dire et qu'il voudrait absolument qu'elle devine. Alors elle imagine une nouvelle très grave, une blessure d'entraînement, un problème de dopage, une maladie des poumons : elle se rend compte qu'elle le connaît à peine. Il parle très peu. Aussi, quand il commence d'enlever ses écouteurs pour lui parler, elle fait attention. Elle appréhende parfois le moment où il lui annoncera quelque chose de si terrible qu'elle ne le reconnaîtra plus. Mais il ne dit rien. Elle remarque que l'intensité de la chaleur a décru. Elle remarque qu'il a posé ses mains à plat sur la table, en écartant les doigts pour qu'elles paraissent encore plus grandes. Il sourit, sans qu'elle comprenne pourquoi. Elle n'a jamais connu quelqu'un qui pouvait sourire aussi longtemps sans dire une parole, en se cachant simplement derrière son sourire. Elle cligne des yeux en attendant. Il a toujours les mains posées à plat sur la table et balance un peu les épaules en écoutant la musique. Elle s'est levée sans rien demander. À ce moment-là, elle ne voit que ses jambes trop longues sous la table, comme s'il allait encore grandir.

Sa mère dit : « Allô Muriel ? Il faudrait quand même que je sache si tu viens samedi soir », et elle répond ces oui… oui réguliers comme des battements de cœur. Elle n'a plus à la bouche que cette approbation, cette envie de lui dire non en lui raccrochant au nez. Mais elle ne lui pardonnerait pas. Elles n'ont jamais réussi à se parler calmement. La moindre chose, le rendez-vous le plus simple prend des proportions dramatiques avec sa mère. Parfois Muriel se dit que c'est le fait de vivre seule dans son pavillon et d'accorder une importance exagérée au peu d'événements qui lui arrivent. Parfois elle imagine qu'il en a toujours été ainsi et qu'elle deviendra exactement comme elle.

— J'aimerais savoir également si Alex a l'intention de venir. Tu lui en as parlé ?

Son père a quitté un jour la maison sans rien dire, après onze ans de mariage. On a su trois ou quatre mois plus tard qu'il vivait avec une employée des Nouvelles Galeries et qu'ils étaient allés s'installer dans le Midi, à côté d'Alès. Personne ne l'a plus jamais revu. D'ailleurs, sur la photographie prise en Algérie, le bas de son visage est légèrement flou, comme si on avait photographié sa disparition. Maintenant il n'y a presque plus de soleil. Le joueur du fond de court a enlevé sa visière. Celui qu'on voit de dos continue de sautiller et de rajuster la ceinture de son short. Sur l'autre chaîne, il y a un vieux film en noir et blanc avec l'actrice Françoise Rosay. Les figurants qui passent dans la rue ne peuvent s'empêcher de jeter un coup d'œil à la caméra, de sorte qu'on ne voit plus qu'eux. On dirait que leurs regards, en sortant du film, ont échappé au temps. Elle devrait demander à Alex s'il veut vraiment l'accompagner chez sa mère.

Elle entend l'éclaboussement de la douche sur le carrelage. Tout à l'heure, il ira certainement à la salle d'entraînement, elle l'attendra en écoutant le poste. Elle dînera seule. Au fond du couloir, il a installé des étagères à montants métalliques sur lesquelles sont alignés tous ses livres consacrés au sport, plus deux ou trois livres sur le bouddhisme, que quelqu'un lui a envoyés de Suisse. En fait, elle ne sait pas ce qui l'attire dans le bouddhisme, car il n'en parle jamais. Il est sorti de la douche. Elle dit que sa mère l'a chargée de lui transmettre une invitation pour samedi soir, parce que Anna et son mari seront à la maison. Il se frotte les cheveux avec une serviette éponge.

— Je crois que j'ai autre chose à faire, répond-il en remuant le cou et en exagérant son accent italien. Tu sais où j'ai mis mon survêtement noir ?

Il a souvent comme ça des éclairs de mauvaise grâce qui la découragent complètement, parce que c'est quand même de la grâce.

— Maman va être furieuse.

— Je crois qu'elle sera plutôt soulagée. J'ai mal au cou.

Il enfile un slip devant l'armoire, et elle le trouve beau comme un héron cendré qui se tient sur une patte. Elle éteint le poste. Le 8 mars 1959, les nuages étaient hauts et il faisait un soleil presque blanc. C'est tout ce qu'elle sait.

— Je reviendrai vers onze heures. Tu seras déjà couchée ?

Elle fait les cent pas dans le couloir en jouant avec l'interrupteur. À chaque fois qu'elle éteint la lumière, le bouquet de pivoines persiste deux à trois secondes dans l'obscurité, sans qu'elle sache s'il s'agit d'une phosphorescence naturelle ou si l'image des pivoines s'est imprimée sur sa rétine. Elle appuie à nouveau sur l'interrupteur.

I

Elle a mis sa main en visière, tandis que le taxi s'engage dans une avenue profonde où les voitures étincellent entre des tranchées d'ombre. Le soleil du matin lui fait mal aux yeux. Elle n'a pas dû assez dormir. Le chauffeur dit qu'une bonne pluie ne ferait pas de mal. Elle répond : « Ah ça non ! » Elle a fermé les yeux. Elle a l'impression de traverser de part en part une ville abandonnée et d'être la seule survivante avec lui. Ensuite, il lui parle de sa fille qui est partie vivre deux mois dans une famille américaine et qui ne s'habitue pas à la nourriture.

« Dans une famille américaine ! » reprend-elle en écho. Elle lui dit deux mots de ce qu'elle fait, de son envie d'être en vacances, et il répond en gros la même chose, en riant, comme s'ils étaient profondément d'accord et que le reste — tout ce qui les sépare et fait d'eux des étrangers — avait finalement peu d'importance. De temps à autre, il la regarde de biais dans le rétroviseur et elle sourit. Elle trouve qu'ils ressemblent à deux ouvriers tissant la toile du jour. Elle lui demande de s'arrêter après le feu rouge.

Elle a plus d'une demi-heure de retard. Elle ne peut pas éviter d'aller chercher la feuille de présence, qui n'est jamais dans le bureau où l'on croit. Elle se rend dans celui du premier, en poussant toutes les portes, en disant bonjour à ses collègues : les autres qui sont déjà devant leurs écrans font des mines allongées. Tout le monde sait qu'elle vit avec un boxeur. Mais ils ne peuvent pas lui reprocher d'être insouciante ou de négliger son travail. Au contraire, moins les choses ont d'intérêt, plus elle essaie d'y mettre d'entrain. Elle fait assaut de gentillesse, répond au téléphone, va chercher les dossiers. Elle est toujours entre deux portes. Et elle se multiplie avec une rapidité, une précision qui l'absorbent complètement, comme une plaisanterie compliquée dont elle est la seule à rire. La seule à trembler, parce qu'elle sait très bien qu'elle leur donne le change.

Le bureau du directeur est au septième étage, au bout d'un long couloir vitré desservi par deux ascenseurs à portes rouges, dont les deux sonneries semblent indiquer le temps qui passe.

L'immeuble est situé tout en haut de Belleville, de sorte que Paris s'étale en cuvette à la manière d'une ville méditerranéenne, blanche dans la lumière d'été. Ce matin, les rares nuages qu'on aperçoit sont encore très clairs et cantonnés à l'ouest. Elle aime bien interpréter le mouvement des nuages. Elle se promène le long des vitres, guettant un signe au loin, une ombre, une forme futurale qui lui permettrait de deviner ce que sera sa vie. Ce sont ses minutes de grève. Alex ne comprend pas qu'avec une licence d'histoire elle se résigne à travailler à la banque toute sa vie ; il est convaincu qu'à sa place il mourrait d'ennui. Mais il y a aussi tous ces instants où l'on ne fait rien, ces petits interstices. Le directeur, auquel elle apporte toujours une pile de feuilles à signer, ne lui dit pratiquement pas un mot pendant qu'elle attend. Pourtant, ils se voient tous les matins. La rumeur veut que sa femme soit morte il y a une dizaine d'années et que l'un de ses fils ait été plusieurs fois arrêté pour trafic de stupéfiants. Elle est à chaque fois frappée qu'un homme si bousculé par la vie possède un regard aussi joyeux. On dirait qu'il est comme elle, qu'il attend quelque chose. Mais elle n'en saura jamais rien. Elle pourrait passer des années à l'agence, entrer des centaines de fois dans son bureau, il ne lui dirait guère plus que ce : « Bonjour. Asseyez-vous » avec lequel il l'accueille aujourd'hui. Derrière son bureau, il a laissé accrochée une affiche de l'office du tourisme autrichien, où l'on voit un grand glacier se refléter dans un lac et, souvent, en regardant cette affiche, elle a l'impression de surprendre au-dessus de lui l'image de son attente. Elle lui dit : « Vous avez terminé ? »

À midi, Édith lui téléphone du secrétariat parce qu'elle a besoin de la voir. Son bureau est une sorte de cage en verre située à l'intérieur d'une autre salle, beaucoup plus vaste, où une trentaine de dactylos tapent sans discontinuer devant leur écran. Édith est en train de nettoyer les feuilles de sa plante verte à l'aide d'un vaporisateur. Elle lui demande de l'accompagner aux toilettes. Elle dit : « Tu viens ? », mais sans relever la tête, sans adoucir la voix, pour que son mécontentement ne fasse aucun doute ; et Muriel se sent découragée de la retrouver ainsi dès le matin, presque méchante dans sa détresse. Elle porte un pansement au poignet droit. Elle s'est encore blessée. Elle n'arrête pas de se taillader et de se mettre des pansements, pareille à une enfant qui se ferait des tatouages. Elle l'accompagne quand même aux toilettes. Édith se recoiffe devant la glace en lui expliquant que sa dernière conquête, l'étudiant haïtien qu'elle a connu à Pornichet, vient de filer avec ses disques et sa carte de crédit.

— Il va peut-être acheter une île et t'inviter.

Mais Édith n'est pas d'humeur à plaisanter. Muriel la regarde dans la glace. Elle aperçoit un petit bout de femme, court sur pattes, qui rêve encore au grand amour. Combien de fois elle l'a vue changer de corps, après ses ruptures, devenir trop grosse ou trop maigre, tout en refusant de se faire une raison.

— Tu veux qu'on déjeune ensemble ?

— Je ne sais pas, je n'ai pas très faim. Et toi, avec Alex, ça marche toujours ?

Elle le lui a déjà demandé cent fois. Mais ça fait partie de leur rituel : quand l'une a fini de raconter ses bonheurs brisés, l'autre lui parle de ses projets d'avenir ; si bien qu'elles ne sont jamais heureuses ensemble. Pourtant elles s'aiment bien, comme deux reines qui se succèdent au cours de la journée.

— Qu'est-ce qu'il pense de moi, Alex ?

— Beaucoup de bien, je te l'ai dit.

— Oui, mais tu ne m'as pas dit comment il me trouvait.

Elles débouchent des toilettes juste au moment où le jeune homme aux cravates s'engouffre dans l'ascenseur en baissant la tête. Elles arrivent encore trop tard. Depuis des mois, Muriel l'aperçoit dans la maison sans avoir eu l'occasion de lui parler. Elle ne connaît même pas son nom.

Elle sait seulement qu'il a été affecté dans un service du cinquième et qu'il passe son temps à se promener dans les étages, en arborant chaque jour une cravate de couleur différente. Elle imagine qu'il doit s'agir d'un code. Mais il ne parle à personne. Comme il transporte sans arrêt des plis sous son bras, elle en a fait une sorte de messager ou d'entremetteur. Les bureaux sont pleins de célibataires aux abois, de femmes qui sursautent dès qu'une porte s'ouvre. Il est donc très attendu. Le mardi et le vendredi, à dix heures tapant, il surgit en trombe à leur étage, au milieu de toutes les filles, avec un enthousiasme, une façon de rougir qui ressemble à un acquiescement angélique à cette vie ; au point qu'on s'attend à ce qu'au bout de sa course il fasse une génuflexion finale : « Vous êtes bénies entre toutes les femmes. » Mais il n'ose pas. Il se plante devant la chef de service, son pli tendu à bout de bras. Le reste est un mystère : il disparaît toujours par une autre porte.

— Tu ne m'as pas dit si tu venais déjeuner avec moi.

— Je ne sais pas. Tu croix qu'Alex t'a déjà trompée avec d'autres filles ?

— Pourquoi tu me poses ce genre de question ?

Elle a appuyé sur le bouton de l'ascenseur. En sortant par le hall, elle remet la clef du vestiaire au gardien de jour. Il s'appelle Monsieur Jean, possède un chien lapon, et aucune femme ne peut s'approcher de lui sans qu'il ne se mette à parler dans son talkie-walkie : *Allô Delta ?... Ici Saturne.* Elles se demandent toujours qui il peut bien appeler. Peut-être qu'il fait semblant, comme les enfants.

— Tu vois, Muriel, je voudrais que tu admettes une chose.

— Dis-moi.

— Je suis vraiment la plus malheureuse.

Il est couché sur le côté, les mains entre les genoux, elle s'abat contre lui. Elle lui mordille la nuque, les cheveux. À cause de la chaleur, il a baissé les stores et laissé le ventilateur en marche sur la table de chevet. Elle lui caresse le dos. Elle promène son doigt sur ses grains de beauté, ses taches de rousseur, ses boutons de fièvre comme sur une carte du ciel où elle lirait son thème de naissance. Elle lui dit à l'oreille : *J'ai travaillé toute la journée. Je suis sortie à cinq heures.* Elle ne lui dit pas ça pour lui reprocher de dormir, mais simplement pour prendre la mesure du temps qui les a séparés et se faire un exploit de le retrouver à nouveau. Il répond : « C'est toi ? » Quand il se réveille, il a une bizarre façon de contracter les paupières comme s'il avait du mal à la reconnaître. Puis ses yeux deviennent de plus en plus clairs, presque abstraits. Elle ne sait jamais ce qu'il attend d'elle. Elle dit : « J'ai envie de jouer, je voudrais qu'on parle comme tu m'as appris. » Il étend le bras pour éteindre le ventilateur.

— Écouter.

— Bruits de la rue.

— Sans un rêve.

— Longuement.

C'est elle qui a eu le dernier mot. Elle est allongée sur les draps, une main passée sous la nuque, et pendant qu'Alex la déshabille, elle sent son œil réglé à des milliers d'images seconde qui lui photographie l'âme. Elle soulève sa poitrine jusqu'à sa bouche. Il baisse la tête.

— Tu te souviens que ce soir on est invités chez Ricardo ?

Elle avait complètement oublié. Il veut qu'elle s'habille en noir ; alors elle cherche tout ce qu'elle a de noir dans la penderie, ses escarpins, son caraco, sa jupe en soie. C'est incroyable ce qu'on peut dépenser pour se faire un corps. Il est resté dans l'autre chambre.

— Tu sais qu'Édith m'a encore parlé de toi ?

— Qui ?

— Édith !

— C'est une des filles avec qui tu travailles ?

Ils vont jusqu'à la station de métro en se tenant par la main, font les cent pas sur le quai.

Elle est habillée tout en noir. Elle sait qu'il est très fier de l'emmener dans le monde et qu'à chaque fois il la présente aux gens comme une croqueuse d'hommes, une historienne, une mélomane : un drôle de pistolet, doivent se dire les autres. Ce sont toujours les mêmes malentendus, alors qu'elle n'a qu'une envie : se faire toute petite et disparaître sur la pointe des pieds. Mais elle reste pour lui. Ricardo est pratiquement son seul ami italien à Paris. Sa femme, Sandra, est l'héritière des Montecatone et ils habitent en France depuis leur mariage.

Ils se retrouvent à une centaine dans un appartement où les balcons, les glaces, les pièces en enfilade donnent envie de se cacher. Ils sont tout de suite séparés. Alex a filé dans l'autre salon avec une étudiante japonaise, tandis que Béatrice, la sœur de Sandra, veut à tout prix qu'elle l'accompagne quelque part, du côté du parc Monceau. Elles partent en voiture à la recherche d'un certain Dominique, auquel Béatrice semble attacher une énorme importance. Elles s'arrêtent dans une petite rue latérale, en face du parc, appuient sur le bouton de l'interphone : personne ne répond. Elles attendent un moment dans la voiture. Béatrice dit que c'est dommage, elle aimerait bien qu'elle fasse la connaissance de ce garçon. Elles vont jusqu'au boulevard des Batignolles où habite un des amis de Dominique, Laurent Thieret. Béatrice l'a vu deux ou trois fois dans des soirées. Elle dit qu'il n'est pas aussi bien que Dominique, mais qu'il a des yeux incroyables, couleur de volubilis. Muriel prend un air entendu. La femme qui leur ouvre prétend ne connaître personne de ce nom et les somme de ne plus la déranger à cette heure. Elles ont dû se tromper d'adresse. Place Clichy, elles aperçoivent quelqu'un étendu sur le trottoir, au milieu de tout un attroupement. Elles n'osent pas descendre. Elles retournent à tout hasard au parc Monceau, font le guet devant l'immeuble. Muriel a peur qu'Alex commence à s'impatienter.

— Tu crois que c'est un garçon pour toi ?

— Qui ?

— Ton boxeur. De quoi vous parlez ensemble ?

Elle dit : « On parle de tout » et, en même temps, pendant qu'elle sourit, elle se sent triste que Béatrice puisse lui demander ça. Quand elles reviennent dans l'appartement, elles trouvent une foule de gens dans les couloirs. Une rousse, plutôt agitée, crie « Tutto è uguale ! » en effarouchant ses interlocuteurs. À côté, les autres discutent du parti socialiste et de l'inconscient des masses. Elle ne voit plus Alex. Elle fait le tour des salons, va jusqu'au vestiaire et, d'un seul coup, elle est prise d'une grande peur. Les événements ont une musique, une façon de faire entendre leur pas, bien avant qu'on ne comprenne ce qui nous arrive, alors qu'on en est encore à se débarrasser des fils qui nous rattachent au monde. Elle remarque qu'il est exactement deux heures à sa montre.

Ils sont assis à plusieurs dans la chambre du fond, les uns à même le sol, avec leur verre à côté d'eux, les autres sur le lit, au centre duquel ils ont posé un plateau afin de pouvoir continuer à boire et à fumer tranquillement. La Japonaise est dans un fauteuil, les yeux baissés sur un livre d'art qu'elle feuillette. Alex, sans qu'on sache pourquoi, est agenouillé devant elle. Et d'abord, Muriel ne comprend pas ce qui se passe. Elle imagine qu'ils sont en train de bavarder ensemble. Quelqu'un demande :

— On peut éteindre ?

La Japonaise a relevé son livre pour se cacher le visage, pendant qu'Alex frotte sa joue contre ses jambes en les soulevant doucement au-dessus du sol, en les maintenant pressées contre lui. Elle résiste à peine. La même voix répète :

— On peut éteindre ?

Elle entend des gens parler dans une autre chambre, sans pouvoir comprendre ce qu'ils disent. Elle est seulement consciente qu'elle se souviendra de tout. Elle s'en souviendra pendant des années, même après qu'ils se seront quittés, car *c'est la première fois*. Celle qui vaut pour toutes les autres. Ricardo et sa femme sont dans le salon avec leurs invités. « Et la boxe ? », lui lance Ricardo pour qu'elle vienne vers eux. Mais elle n'a envie de parler à personne. Elle cherche ses affaires et referme doucement la porte. Une fois dehors, elle court à toutes jambes en faisant des zigzags, en ne pensant plus à rien. Elle se retrouve sur le pont de Sèvres au moment où l'orage éclate. Il y a des éclairs silencieux et des arrière-plans électriques, avec une fille éblouie qui referme une toute petite fenêtre. L'amour n'a pas de solution.

Il téléphone sur le lit, l'écouteur calé entre l'oreille et le creux de l'épaule, le visage tourné de trois quarts vers le poste de télévision qui fonctionne dans la pénombre. Elle est restée à table. Elle dessert les assiettes en tâchant de faire le moins de bruit possible. De temps en temps, elle relève la tête pour l'apercevoir dans le reflet de la fenêtre. Il compose le numéro, en recommençant plusieurs fois, parce qu'il s'est trompé ou que la ligne est toujours occupée. Il revient s'asseoir à table.

— Tu as eu ta communication ?

— Non.

Il a les deux mains posées à plat sur la nappe, les coudes écartés, presque vibrants. On dirait qu'il va s'en aller en renversant la chaise. Elle ne dit rien. Il prend une prune bleue sur le plateau et commence à la manger distraitement. Elle a l'impression qu'il est en train d'hésiter.

— Pourquoi tu ne me parles jamais de ton

travail ? demande-t-il en la regardant et en lui faisant une espèce de clin d'œil, parce qu'à l'instant précis il vient de prendre la décision de tout lui cacher.

— Qu'est-ce que tu veux que je te dise ?

— Je ne sais pas.

Il est à nouveau dans la chambre, assis sur le lit. Et il recommence calmement de composer son numéro en appuyant sur les touches, en tenant l'écouteur de la même manière que tout à l'heure, calé entre l'oreille et l'épaule, comme si la répétition avait le pouvoir de nous innocenter. Il a raccroché. La ligne doit encore être occupée. Pendant un moment, le temps de retrouver ses esprits, il reste le dos voûté à regarder fixement les images du poste. Elle vient d'entrer dans la chambre. Mais elle ne devine rien de ses sentiments. Il y a juste ce scintillement qui l'éclaire par-devant, à la façon d'un rayonnement inconnu.

— Tu as eu ta communication ?

Elle marche dans le couloir en haut de l'immeuble de l'agence. Elle se promène le long des fenêtres, avec ses dossiers sous le bras et son air d'employée affairée, pour faire durer ces instants où elle est sans Édith, sans personne pour lui demander ce qu'elle devient. Elle a toujours peur de mentir. En se tournant vers les ascenseurs, elle aperçoit les rues de Belleville, la place de Ménilmontant avec ses arbres et ses nuages arrêtés en pleine course. Elle regarde les gens sur la place. Elle les regarde avec le sentiment d'être partie si loin d'elle-même qu'elle pourrait être avec eux. Parfois elle n'aime que des inconnus, des gens qu'elle rencontre sans leur parler et qui la soulagent de toute vie personnelle. Elle entend la sonnerie d'un ascenseur. Elle se dépêche de porter ses dossiers dans le bureau du directeur, avant de revenir dans le couloir où l'on entend à peine le bruit des machines.

Tout le problème c'est d'oublier, de trouver une place vide dans son esprit, où elle pourrait se tenir tranquille. Elle fait des exercices. Quand elle est dans les couloirs, elle s'efforce de marcher lentement, en retenant le plus longtemps possible sa respiration, afin qu'en soufflant l'oubli soit plus brutal. Souvent, elle redescend soulagée. Elle ne pense plus à lui. Et c'est une impression qui persiste même quand elle est revenue à son bureau, qu'elle retrouve le bruit des téléphones, les voix de ses collègues : elle éprouve encore ce déplacement tout au fond d'elle, avec la consolation d'être tombée dans la matinée d'une autre année, ou dans le repos d'une autre vie. Elle allume son écran.

Alex est adossé aux cordes, sous la lumière blanche des plafonniers qui l'isolent à la manière d'un projecteur de scène. On entend la voix de son entraîneur et les cris d'encouragement venus du fond de la salle. La Japonaise est assise au bas du ring. Elle est installée au premier rang, extraordinairement belle et incongrue, dans un kimono vert avec des fleurs de camélia. Ils doivent être une trentaine d'hommes dans la salle, occupés à s'entraîner ou simplement de passage, et personne ne semble étonné de la voir là, avenue de Clichy; sans doute parce qu'elle y a ses habitudes et que chacun lui reconnaît le droit de venir voir son amant. Elle porte aussi de grandes chaussettes blanches, séparées à l'orteil, qui lui donnent des airs d'oiseau marin. Muriel est restée près de la porte. Elle réalise à présent qu'Alex la connaissait probablement depuis longtemps. À chaque fois qu'il se tourne vers la salle pour écouter son entraîneur, les bras appuyés sur les cordes, la Japonaise en profite pour se livrer à d'extraordinaires mimiques avec ses doigts. C'est la première fois que Muriel se sent vieillir.

Elle regarde Édith dans la glace. Elle se tient derrière son dos, le menton à hauteur de son épaule, et elle la regarde se maquiller. Édith est en train de se mettre du fond de teint pour qu'on ne voie pas ses boutons.

— Hier, quand ça a sonné, j'ai sauté sur le téléphone en croyant que c'était Momo qui était revenu. En fait, c'était ma mère qui voulait me parler d'argent. Elle a toujours le don de m'appeler au moment où il ne faut pas.

Muriel a baissé les yeux. Elle ne veut plus la voir avec ses grimaces de petite fille et son regard trop noir. Sans doute parce qu'elles se ressemblent. Mais elle est la seule à le savoir. Édith n'a toujours pas compris que le fait d'être malheureuse ne l'autorise pas à se croire la plus malheureuse, ni à se répandre en confidences auprès de tous les gens qu'elle rencontre. Souvent, elle a envie de lui dire : *Garde ton malheur pour toi !* Mais Édith a besoin de croire que les autres ont de la chance. Elle a besoin de croire qu'il existe une distribution des chances en amour et que le monde fonctionne selon un ordre injuste, mais nécessaire. Sinon, elle ne comprendrait même plus son malheur. Elle ne serait plus malheureuse : elle ne serait plus rien. Alors Muriel continue à lui mentir. Elle lui ment avec des yeux limpides, avec toute sa force d'âme, parce qu'il s'agit aussi d'avoir raison contre toute vérité.

— Tu veux qu'on déjeune ensemble aujourd'hui ?

Alex est couché en chien de fusil, les mains entre les genoux. Il s'est endormi si précipitamment qu'il a gardé les écouteurs de son walkman sur les oreilles. On entend des notes de musique indienne. Il a laissé son short et son maillot d'entraînement en évidence sur la chaise. Maintenant les choses les plus familières ressemblent à des ruses puériles. Par la fenêtre de la chambre restée ouverte, on aperçoit des ouvriers en combinaison blanche sur des échafaudages. Ils doivent commencer le ravalement de l'autre immeuble. Elle est agenouillée au pied du lit. À son immobilité, à la position de ses mains sur son cou, on croirait qu'elle vient de l'étrangler : les postures de l'admiration sont les mêmes que celles du meurtre. Elle a le doigt posé sur son artère. Par moments, à force de le fixer des yeux, elle est convaincue que son secret le rend transparent. Elle perçoit ses battements de cœur. Quand le téléphone se met à sonner dans la chambre, elle prend l'appareil en tirant sur le fil afin de le transporter dans l'autre pièce.

— Est-ce que je pourrais parler à Monsieur Alex ? demande une voix de fillette.

— C'est de la part de qui ?

Il y a un silence. S'ensuit quelque chose de timide et d'embrouillé qui rappelle un grésillement d'insecte.

— Ne quittez pas.

Elle ramène le téléphone dans la chambre et se met immédiatement à s'agiter, à fermer les fenêtres, à ranger ses affaires. Il parle très bas dans l'appareil.

— Demain… Demain, oui… Ce serait possible…

Elle essaie de s'éloigner en allant à l'autre bout de l'appartement pour ne plus l'entendre. Mais elle pense à eux. Le pressentiment d'une terrible douceur lui fait plier les genoux. Elle reste le dos collé au mur de la salle à manger. Elle l'entend dire : « C'est promis », avant de raccrocher.

Elle regarde Édith se maquiller dans la glace. Elle est derrière elle, la bouche presque dans ses cheveux, et elle a envie de lui dire : « Tu sais ce qui m'arrive ? » Elle ne dit rien, finalement. Elle la laisse se poudrer le nez. Elle marche de long en large, dans le couloir du septième, en se penchant régulièrement à chacune des fenêtres, en ne distinguant rien de la place. Elle porte des lunettes noires en signe de renonciation. Dans deux ou trois jours, ses collègues s'apercevront qu'elle n'avait rien de plus qu'eux, rien de plus que leur servilité et leur peur de ne pas être aimés. Il sera temps de rentrer dans le rang. Elle recommence à aller et venir et à se pencher mécaniquement par les fenêtres. Parfois, elle est convaincue qu'on peut conjurer son malheur en l'anticipant, un peu comme ces événements qui ne peuvent pas arriver, puisqu'on les a déjà rêvés. Alors elle essaie de les imaginer dans une chambre d'hôtel. Elle voit le lit, le mur écaillé, le lavabo, mais c'est tout : la chambre reste vide.

Alex est dans la salle de bains. Elle entend les bruits d'éclaboussement sur le carrelage, suppose qu'il doit être en train de se préparer pour ce soir. Elle crie à travers la porte : « Tu vas à l'entraînement ? » Elle remarque son sac posé dans le couloir, avec son blouson et ses écouteurs. Il ne répond pas. Elle accroche ses affaires dans la penderie en tâchant de ne rien interpréter. Par la fenêtre de la chambre, on aperçoit les ouvriers sur les échafaudages, qui rangent le matériel parce qu'ils ont terminé leur journée. En face, Monsieur Benetti regarde la télévision en compagnie de son infirmière. Ils ont chacun un verre à la main et l'infirmière fait de grands gestes en menaçant de s'en aller s'il essaie encore une fois de lui remplir son verre. Alex revient dans la chambre avec sa serviette sur la tête. Il a enfilé son peignoir blanc et commence à se frotter et à faire des mouvements devant la glace. La trahison le rend encore plus beau. Elle a allumé le poste.

— Tu sais la nouvelle ?

— Non.

Et en même temps qu'elle dit non, elle ferme la fenêtre, elle tourne le poste vers le lit pour gagner quelques secondes d'innocence.

— L'aventure est terminée.

— Quelle aventure ?

— Orientale.

Elle a enfin compris. Il s'est laissé tomber sur le lit pour observer de plus près sa réaction. Et, tout à coup, elle n'arrive plus à bouger ; elle est prise au centre d'une douleur qui n'est pas la sienne et elle reste là, palpitante, avec la fébrilité d'une toute petite bête et son frémissement d'antennes pendant que le soleil descend dans la rue et qu'Alex n'en finit pas de la regarder.

— Tu m'as entendu ? C'est vraiment terminé.

Le téléphone s'est mis à sonner dans la chambre. Alex a fait mine de se lever pour aller décrocher, puis s'est assis sur la couverture. À présent elle sait qui appelle. Elle est restée sur le seuil de la porte, sans vouloir intervenir. Il est appuyé sur les coudes au fond du lit, une jambe passée par-dessus l'autre ; et il regarde l'appareil jusqu'à ce qu'il cesse de sonner. On dirait qu'il le commande à distance.

— Tu la connaissais depuis longtemps ?

— Un peu plus d'un an.

— Tu n'as jamais voulu m'en parler ?

La sonnerie a recommencé. Il est resté la bouche ouverte comme s'il allait se mettre à crier. Elle voit le tremblement de ses bras. Et puis le téléphone s'interrompt brusquement, sans qu'il ait bougé. Elle l'aurait peut-être méprisé toute sa vie.

— Qu'est-ce que tu me demandais ?

— Je ne sais plus.

Maintenant la sonnerie n'en finit pas de retentir et de s'interrompre à un rythme de plus en plus rapide, de plus en plus désordonné, au point que les silences deviennent aussi douloureux que les appels. Ils pourraient débrancher la prise. Mais elle se doute qu'il s'agit d'une épreuve et qu'il ne doit pas céder. Il a renversé la tête pour compter les impulsions. Depuis un instant, il fait nuit dans la rue et les magasins ont allumé leurs éclairages. Elle pense tout à coup à cette fille, enfermée dans une cabine, qui ne veut pas disparaître sans avoir eu le dernier mot. Elle a presque envie de décrocher et de lui parler. Elle ne sait pas ce qu'elle pourrait lui dire. Elle s'est retournée pour allumer la lampe du salon, il lui a demandé d'éteindre. Ils restent dans la pénombre, le visage tourné vers l'appareil. Ils sont complètement silencieux et attentifs tandis que retentissent des appels venus d'une autre galaxie. Il dit : « C'est terminé. »

Alex est allé courir sur l'esplanade du château de Vincennes, pendant qu'elle regarde la télévision. Elle aime bien regarder la télévision et l'imaginer en train de courir, le soir, et de respirer dans les rues. Il a laissé un petit mot, sur la table de la cuisine, pour lui dire qu'il rentrera tard, qu'elle peut se coucher sans être inquiète. Elle ne s'inquiète pas vraiment. La seule chose qui la trouble c'est la faute que contient le post-scriptum. Il a écrit : «J'ai encore mal au *coup*», et elle est incapable de savoir s'il s'agit d'une plaisanterie ou d'une étourderie. Depuis la rupture, elle redoute de voir apparaître des signes auxquels elle pourrait mesurer le prix qu'elle lui a coûté. Elle déchire la feuille. Elle se couche de bonne heure. Elle lit quelques pages d'un roman italien, où l'un des personnages explique que, depuis vingt ans, il se prépare à faire un bond dans l'avenir. Elle a envie de s'endormir avec cette idée. Elle l'entend fermer la porte du couloir. Elle se lève pour aller au-devant de lui et lui montrer qu'elle l'a attendu : elle le voit les cheveux pleins de sang, adossé au mur de l'entrée. Il s'est appuyé au montant de la porte pour reprendre son souffle.

— Ce n'est rien. Je me suis blessé à l'entraînement. Je préfère que tu ailles te recoucher.

Elle va se recoucher. Elle entend l'eau couler dans la salle de bains jusqu'à ce qu'elle s'endorme.

Le dimanche, ils vont au bois de Vincennes voir les gens faire de la barque ou jouer au ballon en famille. Sur le chemin du retour, ils s'arrêtent un instant devant les caisses du zoo, sans pouvoir se décider à entrer, reviennent vers quatre heures, dans des avenues que le soleil d'automne prend en enfilade. Ils ne se disent pas grand-chose. Elle trouve qu'il est encore tôt pour rentrer et qu'ils pourraient aller au cinéma ; mais Alex n'aime ni le cinéma ni les déplacements en métro. Alors elle téléphone à sa mère, pendant qu'il s'empresse d'allumer le poste dans la chambre. Sa mère dit qu'Anna va certainement être hospitalisée, car elle souffre de calculs aux reins.

— Tu crois que ce sera quelque chose de grave ?

Il est installé au fond du lit, appuyé sur les

coudes ; et elle s'aperçoit qu'il répète exactement les mêmes gestes, les mêmes attitudes que le soir où la Japonaise a appelé, avec cet entêtement qu'on met à retrouver une émotion perdue. Elle dit : « Bon, je te téléphonerai demain du bureau. » Dans l'immeuble d'en face, la locataire du premier est en train de nettoyer la cage de son geai, alors que son mari s'amuse avec une fillette qu'il soulève par la taille, au-dessus de la rue. L'enfant ferme les yeux.

— Tu sais ce qui arrive à Anna ?

Il fait non. Visiblement, il ne tient pas à le savoir. Elle va jusqu'à la cuisine afin de ramener le plateau et les verres. Elle a de plus en plus l'impression que rien n'est jamais terminé et qu'ils vont devoir vivre sur un énorme silence, comme d'autres vivent sur un terrain qui s'éboule, en faisant attention à ne pas trop remuer.

— Il paraît qu'elle va entrer à l'hôpital.

Le dimanche suivant, ils se rendent en train jusqu'à Fontainebleau, parce que des amis leur ont dit que les nouvelles salles du château viennent d'être ouvertes et que les jardins sont beaucoup plus beaux en cette saison. Alex préfère l'attendre dans les jardins. Elle suit un groupe de touristes à l'intérieur des chambres, des salons déserts, en tâchant de l'apercevoir par les fenêtres. À midi, ils prennent le bus pour aller déjeuner au bord de la Seine, dans une auberge que lui a recommandée une de ses collègues. Ils s'installent au fond de la salle, du côté des pontons. Elle commande une truite saumonée. Elle dit : « Ça t'étonne ? » Quand il la regarde ainsi servir le vin ou se débattre avec ses couverts à poisson, elle a presque honte d'être aussi heureuse. On dirait que, sous son regard, tous les gestes qu'elle peut faire deviennent aussi parfaits que ceux qu'on voit dans les films, sans doute parce qu'à cet instant elle se regarde vivre avec lui et qu'il le sait.

— Tu as demandé à quelle heure était le train ?

— Tu veux repartir tout de suite ?

— Je ne sais pas.

L'après-midi, il se met à pleuvoir, alors qu'ils sont en lisière de la forêt. Ils se réfugient sous un arbre, en compagnie d'un couple d'Américains, avant de revenir en courant jusqu'au buffet de la gare. Il fait nuit à six heures. Ils se retrouvent dans le train, puis dans le métro. Alex s'est recroquevillé sur son siège, la joue collée contre la vitre. À Nation, deux grands Noirs viennent s'asseoir à côté d'eux en étirant leurs jambes et en allumant des cigarettes. Elle devine qu'ils se sont ennuyés tout le dimanche, qu'ils ont fait les cafés sans trouver la moindre fille. Elle aimerait leur toucher la main, ou les embrasser tout à coup sur la joue pour qu'ils prennent patience.

— Quand j'étais petite, je voulais être une sainte.

— Pourquoi tu me dis ça maintenant ?

Elle ne sait pas. Sans doute pour parler. Les deux Noirs ont déjà disparu. Il y a des moments où elle dirait n'importe quoi pour rompre le silence, de la même façon qu'on détourne une lampe trop forte parce qu'on l'a dans les yeux.

— Tu crois que c'est possible ?

— Quoi ?

— D'être une sainte !

Il est adossé aux cordes. Il boxe de manière un peu raide, le buste très droit, tandis que son sparring-partner se bat la tête en avant, protégé par son casque, en frappant sous tous les angles. Alex passe son temps à reculer et à glisser sur le tapis. L'entraîneur a interrompu l'échange. Alex revient dans son coin en demandant à quelqu'un au fond de la salle de venir s'occuper de ses chaussures, parce qu'il semble avoir un problème d'adhérence. Il souffle un instant, les bras appuyés sur les cordes. Muriel lui a fait un petit signe de la main. Maintenant il la voit assise au premier rang : elle ne lui avait pas dit qu'elle viendrait. Elle s'est installée à la place de l'autre, sans le faire exprès, et il la regarde fixement en laissant échapper un sourire qui ne semble destiné à personne.

— Comment tu me trouves ?

— Pas très bon.

Il a remis son casque et son protège-dents pour revenir au milieu du ring. Le second sparring-partner frappe encore plus vite que l'autre, en lui martelant les côtes et en l'obligeant à se baisser pour chercher une protection. De temps à autre, Alex réussit à le tenir à distance, mais l'autre revient aussitôt, encore plus enragé. Elle sent le moment où il va le plier en deux ou lui faire éclater la rate. L'entraîneur a de nouveau interrompu l'échange. Alex est allé s'asseoir dans le coin pour qu'elle ne puisse pas voir à quel point il est éprouvé.

Elle est agenouillée au pied du lit, la joue posée sur son épaule, elle caresse son corps mortifié pendant qu'il lui parle. Elle a éteint le poste. Il est allongé sur le dos, le visage légèrement tourné vers le mur pour ne pas la regarder. Il lui parle de la Japonaise. Il l'a connue à Rouen, laissée tomber à Paris sans lui donner une explication, sans même savoir pourquoi il le faisait. Un matin, il a pris le téléphone pour lui dire que c'était terminé, et elle a répondu oui en se soumettant avec une telle douceur, en cachant tellement bien sa peine, qu'il l'a rappelée deux heures après. Mais elle était déjà partie. Quand elle a téléphoné le soir, qu'il a entendu cette sonnerie qui durait des heures, il a senti qu'il était devenu le dernier des hommes.

— Qu'est-ce que tu en dis ?

Elle n'a rien à en dire. Elle le laisse parler. Il est resté silencieux pendant des semaines, maintenant il peut bien parler. C'est d'ailleurs quelque chose de si intime, de si impersonnel en même temps, qu'on a la sensation qu'il chante (il a une voix de basse, un peu vibrante).

— On devrait pouvoir vivre avec tous ceux qu'on aime.

— C'est impossible, Alex, tu le sais très bien.

— On t'a mis dans la tête que c'était impossible, comme on t'a mis dans la tête qu'il fallait grandir, devenir adulte.

Elle a les mains posées sur son cou et elle a envie de serrer, de serrer le plus fort possible pour presser son amertume. Maintenant il fait nuit. Monsieur Benetti a éteint la lumière de sa chambre. Elle voudrait lui dire quelque chose au sujet de la boxe et des coups qu'elle l'a vu prendre, mais elle ne sait pas comment lui dire qu'elle a peur.

— Alex ?

— Quoi ?

— J'aimerais qu'on se parle toute notre vie.

Il l'attend à la sortie du métro, vêtu de son imperméable de l'armée, de sa casquette à visière. Il ne lui avait pas dit qu'il viendrait l'attendre. Il l'emmène au zoo, parce qu'il n'y a pas grand monde et qu'il a quelque chose d'important à lui demander tout de suite. Il jette les quignons de pain qu'il a emportés dans sa poche pour nourrir les ours polaires. (Ce sont ses animaux préférés.)

— Est-ce que tu pourrais me prêter beaucoup d'argent ?

— Je ne sais pas trop. Je pourrais en demander à maman. Il faudrait d'abord que je vérifie l'état de mon compte.

Elle le voit hésiter. Elle se souvient de ce qu'il lui a dit un jour, les hommes du Tao ont de l'argent sans savoir comment. Il n'a pas dû trouver le filon. Mais elle l'aime justement pour ça, parce que pour lui il n'y a pas de contradiction et qu'il est toujours capable de rendre simple ce que les autres jugent compliqué.

— Tu ne m'as pas dit pourquoi tu voulais de l'argent.

— Je dois aller en Suisse. J'ai reçu une proposition pour un combat en dix rounds. Si j'accepte d'aller là-bas, j'en profiterai pour m'entraîner en altitude.

Elle aurait préféré qu'il arrête de boxer. Avant de repartir, elle va dire bonjour aux antilopes, et elle revient avec lui en le tenant par la taille, en se disant que de toute façon il est libre et qu'elle n'a aucune chance de le faire changer d'avis.

— Si tu veux, tu peux venir me rejoindre à Zurich. Tu habiteras chez Monsieur Koelhi, mon ancien entraîneur. Je t'ai déjà parlé de lui.

— Mais tu vas partir bientôt ?

— J'aimerais bien partir le plus tôt possible.

Elle n'a rien dit. Elle continue à le tenir par la taille et à marcher du même pas que si elle avait entendu autre chose.

Elle téléphone à sa mère pour tâcher d'obtenir qu'elle leur prête quatre ou cinq mille francs, qu'elle lui rendra en plusieurs fois. Mais sa mère ne veut pas en démordre, elle ne prêtera pas un centime à un garçon qui n'est même pas son gendre, et qui ferait certainement mieux de chercher une profession plutôt que de continuer la boxe. Il pourrait toujours disputer des combats le samedi soir.

— Tu vois, Muriel, ce que je ne comprends pas c'est que tu acceptes d'entretenir ce garçon. Tu te lèves chaque matin à sept heures et lui…

Elle a raccroché. Elle a presque envie de l'entretenir. Elle voudrait pouvoir tout lui offrir, même ses économies d'enfant, sa tirelire, son livret de caisse d'épargne ; au moins tout serait purifié une bonne fois pour toutes. Elle irait au bureau pour lui, elle trierait les dossiers, taperait à la machine, subirait les réflexions de sa chef de service, uniquement pour lui, et non plus pour elle, qui n'y a jamais trouvé son compte. L'argent qu'on ne donne pas reste au secret, comme le chagrin.

— Tu vivras seul en Suisse ?

— Tu penses encore à cette fille ?

— Oui.

— C'est drôle, moi je n'y pense plus du tout.

Il a éclaté de rire. Il y a des jours où la vie avec Alex lui paraît être une course spirituelle, où il serait immanquablement le plus fort et le plus accompli. Elle le croit sur parole.

Il s'entraîne devant la glace de la chambre en exerçant ses épaules et ses bras, qu'il allonge de plus en plus vite, en dansant sur ses jambes. Elle est sur le lit, avec son roman italien. Dehors la nuit est tombée depuis longtemps, on entend des musiques de film résonner dans la cour. À cause de la lumière placée au pied du lit, l'ombre d'Alex est tout en haut du mur de sorte qu'elle tourne les pages en sentant au-dessus d'elle ses mouvements de balancier silencieux.

— Alex ?

— Quoi ?

— Tu ne m'as rien dit de Koelhi. Tu crois qu'il acceptera de me loger ?

— Tu n'y resteras pas plus d'une semaine. Ensuite je t'emmène en vacances et, si j'ai gagné mon combat, je t'épouse. J'aurai un gros paquet d'argent.

Elle ne proteste même pas. Qu'il envisage de l'épouser parce qu'il a gagné un combat est typiquement le genre de raisonnement qu'il est le seul à pouvoir tenir. Depuis cinq ans, elle partage la vie d'un mutant, de quelqu'un dont le régime d'émotion n'existe pas encore. Alors que par ailleurs il a toutes les faiblesses, toutes les frayeurs humaines, surtout celle de manquer d'argent. Mais elle lui a trouvé de l'argent, elle a vidé son compte courant et Édith a accepté de lui prêter trois mille francs remboursables à tempérament.

— Alex, parle-moi de Koelhi, ton entraîneur.

— Je t'ai déjà dit que pour moi c'est beaucoup plus qu'un entraîneur.

— C'est lui qui t'envoie les livres ?

— Un jour il m'a dit de me battre sur le ring avec mes quatre bras.

— Je n'ai pas envie de rester très longtemps chez lui.

Après son départ, Alex lui téléphone deux fois en un mois pour lui dire que tout se déroule normalement et que l'entraînement en altitude lui fait le plus grand bien. Il ne lui demande pas si elle souffre de son absence ou si elle est impatiente de venir le retrouver en Suisse. Il termine à chaque fois par un « Adieu » qui la laisse en suspens. Elle passe des jours étranges pendant cette période, dormant mal, se levant chaque matin pour aller au bureau, alors qu'elle a le sentiment d'être déjà partie et qu'il lui faut continuer de se comporter comme si les informations boursières ou les peines de cœur de ses collègues étaient ses seuls soucis. Personne ne semble d'ailleurs très impressionné de savoir qu'elle part en Suisse. Elle s'est bien gardée d'insister. Elle a pris trois semaines de vacances « pour aller à la neige ». Le reste ne regarde qu'elle. Chacun de ses collègues lui fait l'effet d'être un petit organisme qui persévère dans son coin et ne redoute rien tant que d'apprendre que la vie pourrait être plus large ou différente de celle à laquelle il s'est résigné, car il lui faudrait s'adapter, se détruire pour s'adapter. Avec sa mère elle est plus expansive. Elle lui raconte au téléphone qu'Alex va devenir un grand boxeur et qu'ils auront de l'argent pour voyager en Suisse et dans d'autres pays. Quand elle n'en peut plus de sa mère et de ses collègues, elle se met à la fenêtre. Et le soir elle mange ses légumes en regardant le ciel d'hiver au-dessus de Paris. Monsieur Benetti est devenu invisible. Il paraît qu'il vit enfermé dans sa chambre avec toute sa pharmacie et son appareil à perfusion, parce qu'il est très faible. Elle se surprend des fois à mettre les bouchées doubles en pensant à lui.

Une nuit, quelque chose vient vers elle du fond de la chambre. Quelque chose qu'elle a dû attendre et qu'à force d'avoir attendu en vain elle avait certainement oublié. Une chose très intérieure, très personnelle, et qui revient de loin comme si elle lui était devenue extérieure, qui arrive si vite, qu'elle a tout juste le temps d'en prendre conscience : *une promesse.* Une promesse qu'on lui aurait faite étant petite et qui ressurgirait en coup de vent à l'âge adulte. Mais la promesse de quoi ? D'être heureuse ? De se marier, d'être aimée, d'avoir un enfant ? Elle ne sait même pas. Elle sait qu'il s'agit de tout cela et que c'est autre chose en même temps, de plus large, de plus imprécis : une certitude d'autant plus forte qu'elle est sans contenu, comme la promesse d'une promesse. Elle s'est relevée. Elle est allée dans la cuisine pour ouvrir la fenêtre. Elle fait la même chose dans la chambre, la salle à manger, et l'air afflue dans les pièces ouvertes. Il n'y a plus une seule lumière nulle part. Elle s'est assise sur le tabouret de la cuisine pour boire un verre de lait. Elle a envie de partir.

II

La gare de Zurich est située si près des bords de la Limmat qu'on aperçoit tout de suite le vol des mouettes, qui reviennent jusqu'au centre de la ville pour chercher leur nourriture d'hiver. Muriel les regarde un instant avant de s'engager dans Bahnhofstrasse, où il n'y a aucune voiture, seulement des tramways bleu et blanc qui roulent sous les arbres. Elle sort son plan de la ville. Elle se souvient que l'employé de la gare lui a conseillé de traverser le premier pont et de longer ensuite les quais de la Limmat jusqu'au lac. Le train pour Meinhof est dans une heure, ce qui lui laisse assez de temps pour s'ennuyer et trop peu pour visiter la ville. Elle a gardé sa valise avec elle. Elle emprunte le quai en comptant les ponts, jusqu'au moment où l'on aperçoit les rives du lac et les montagnes. Il a dû neiger sur les hauteurs, car les sommets sont un peu irréels. Elle aimerait faire des photos. Autour des embarcadères, des groupes de touristes bronzés par l'altitude attendent de pouvoir prendre un bateau d'excursion. Et elle reste là, à les admirer. Elle se sent jeune et dépendante comme si c'était son premier voyage. Quand elle se rend compte qu'il ne lui reste plus qu'une vingtaine de minutes, elle en éprouve du soulagement. Elle revient le plus vite possible, en reprenant exactement le même chemin pour ne pas se perdre. Sur les côtés, elle remarque des transversales désertes où tout respire cette tranquillité et cette richesse qu'on prête à la Suisse. Elle se demande si elle aimerait vivre à Zurich, dans quel quartier ils habiteraient, au cas où Alex déciderait de s'installer ici. Elle a tout juste le temps de sauter dans le train. À sa grande surprise (elle imaginait aller dans les montagnes), elle se retrouve dans un wagon de banlieue, avec des employés.

Alex lui a fait un dessin représentant Feldstrasse, accompagné d'une flèche pour indiquer l'endroit où se trouve la salle d'entraînement. Mais aucune des personnes de la gare de Meinhof ne semble connaître cet endroit. Elle dépose sa valise à la consigne et se résout à arpenter la ville, son papier à la main. Elle est bien trop timorée pour se risquer à prendre un bus. En fin d'après-midi, les cloches sonnent à toute volée, comme en Alsace, quand elle était petite, et les gens rentrent à vélo de leur travail. On n'entend plus ensuite que le grincement des portes et les voix d'enfants qui viennent du fond d'une cour. En débouchant dans la rue principale, elle découvre enfin des groupes réunis dans des cafés, mais ils sont tous d'une autre génération. La rue paraît entièrement avoir été investie par des vieillards très riches, qu'on aperçoit assis derrière les vitrines. À cause de leur ressemblance, de leurs yeux pâles, ils ont des airs d'envahisseurs apportant sur terre la résignation et la mort souriante. Elle préfère aller plus loin, vers le bas de la ville. Elle demande à un employé des postes s'il connaît Feldstrasse, mais l'autre rougit si fort et s'embrouille tellement dans son explication que Muriel lui dit de ne pas s'inquiéter, elle trouvera toute seule. En fait, le froid et l'obscurité qui tombe très vite commencent à la décourager. Elle remarque une brasserie, non loin du pont, dont les fenêtres sont éclairées.

L'endroit est tout en boiserie sombre avec des cendriers blancs sur les tables et une glace très haute, accrochée au mur du fond, qui recueille le silence de la salle. Il n'y a pratiquement personne, à l'exception d'un groupe de cantonniers chaussés de bottes de géants et d'un garçon qui lit le journal en se grattant la tête. Elle s'assoit sur la banquette du fond. La petite fille de l'établissement se tient sur le seuil de la porte, l'épaule appuyée au montant. Comme son père est occupé au comptoir, c'est elle qui apporte la tasse de café et le petit pot de crème de rigueur. Elle parle un français presque parfait. Muriel en profite pour lui montrer son plan ; mais la fillette connaît visiblement très mal le nom des rues et n'a pas la moindre idée de l'endroit où peut se trouver la salle de boxe. Elle s'est assise à la table. Apparemment, elle a envie de lui parler, sans trop savoir quoi dire.

— Quel est ton animal préféré ? demande Muriel de son ton le plus sérieux, comme si elle lui demandait de réciter la troisième déclinaison, moi c'est l'antilope.

— Le deuxième c'est le lama, répond l'autre, aussi sérieuse.

— Je ne te demande pas le deuxième, mais celui que tu préfères.

— Le troisième c'est la tortue.

— Non, pas le troisième…

Et puis elle s'arrête, convaincue qu'elle ne lui dira jamais le premier. Il doit s'agir d'un animal si rare qu'on ne lui a pas encore trouvé de nom. À l'autre bout de la salle, les cantonniers ont fini de les observer pour se remettre à rire ensemble. L'un d'entre eux, certainement ivre, est à moitié renversé sur la table, tandis que son voisin entreprend de le déshabiller. La fillette a tourné la tête de leur côté en fronçant les sourcils, mais sans rien dire. Muriel non plus. L'enfant la regarde à nouveau, le menton dans la main. Et elle sent quelque chose de doux entre elles deux, comme une grande sagesse qui ne se prononce pas.

— Il y a un animal que tu n'aimes pas du tout ?

L'autre réfléchit longuement, si longuement qu'elle a le temps de se faire expliquer par son père le moyen de se rendre à Feldstrasse. À côté, le garçon au journal continue de se gratter la tête, sans s'occuper de personne. Elle dit à l'enfant : « Tu m'en parleras la prochaine fois ». Au moment de pousser la porte, elle l'entend crier : « Le rat-molli ! »

Elle est restée dans le fond du gymnase, avec sa valise à ses pieds, en attendant que quelqu'un veuille bien s'occuper d'elle. La salle est toute en briques rouges, avec des agrès accrochés au mur et une verrière très large, qui l'éclaire à la manière d'un atelier de peintre. Au centre, il y a le ring, légèrement surélevé, recouvert d'un tapis brillant. Un homme se tient en bas, une serviette éponge passée autour du cou, tandis qu'un boxeur africain, aux longues jambes fines, est penché par-dessus les cordes pour écouter ses conseils. Elle suppose que l'homme à la serviette doit être Koelhi. Et elle est étonnée en même temps de lui voir cet air de jeunesse, alors qu'Alex lui en a parlé comme d'un père. Il s'est enfin rendu compte de sa présence.

— Je m'appelle Muriel Issenheim. On m'a dit que Monsieur Koelhi m'attendait.

— Il était là il y a un instant. Je suis le manager du club, Félix.

Elle a failli lui dire « Excusez-moi », mais il s'est mis à hurler quelque chose à l'adresse d'un grand garçon roux entré par la porte latérale. L'autre se dirige vers le ring en tenant son short à deux mains, peut-être parce qu'il a peur qu'on ne le lui baisse par surprise.

— Celui-là, je vous parie que même sous la douche, vous ne lui ferez pas enlever son short.

Félix s'est retourné pour la dévisager, et elle jurerait que le garçon roux en a profité pour leur faire un geste obscène. En tout cas, il a l'air furieux en enjambant les cordes du ring. Le Noir, sous son casque, ne paraît pas autrement impressionné. Il boxe les coudes le long du corps, les poings très bas, comptant sur sa souplesse et sa vitesse de jambes pour fatiguer son adversaire. Le garçon roux a beau frapper dans tous les sens, on le sent déjà découragé et revenu à plus de mesure.

— Monsieur Koelhi est peut-être déjà parti ?

— Il doit être par là. Il m'avait dit justement qu'il attendait une visite.

Elle le suit dans une autre pièce qui ressemble à un vestiaire, avec des casiers métalliques et des photos de filles nues épinglées aux murs. Un jeune homme est assis sur un banc, jambes écartées, le buste penché en avant dans une prostration de tout le corps, dont ni les encouragements de Félix, ni ses tapes dans le dos ne parviennent à le faire sortir. Il se contente de secouer la tête. On aperçoit son œil exorbité, avec du sang.

— Celui-là c'est un encaisseur de première, commente le manager en continuant à lui donner des tapes dans le dos.

— Vous croyez qu'Alex aura un match difficile ?

Depuis qu'elle est entrée dans cette salle, le combat d'Alex lui est revenu à l'esprit et elle appréhende qu'il ne soit blessé comme celui qu'elle voit sur le banc.

— C'est toujours difficile, vous savez. On ne peut être sûr de rien.

Dans la salle suivante, elle découvre une espèce de géant qui s'entraîne à boxer contre son ombre. Il frappe devant lui avec une vitesse de bras extraordinaire. Dans le coin de la pièce, deux hommes en manteaux et bottines sont assis sur des pliants, la joue posée dans la main, dans l'attitude d'amateurs d'art.

— C'est la presse de Zurich. Mais, croyez-moi, ils pensent à tout autre chose qu'à la boxe.

Elle a beau les observer discrètement, elle ne parvient pas du tout à deviner à quoi ils pensent. L'un a sorti un petit cigare dont il gratte le bout contre son accoudoir, attendant certainement qu'on lui propose du feu. Il parle d'un dénommé Hans qui a dû abandonner au cinquième round.

— Ça lui apprendra, répond l'autre d'un air dépité.

Elle traverse encore une salle, puis un couloir.

— Et voilà ! dit le manager, sur le ton d'un guide achevant la visite des appartements.

Elle reconnaît effectivement le gymnase où elle a laissé ses affaires, mais elle ne voit toujours pas Koelhi. Le Noir est descendu du ring, alors que son adversaire de tout à l'heure se repose sur un tabouret.

— Je vous présente le champion d'Éthiopie, dit Félix.

L'autre a enlevé son casque pour la saluer et elle le trouve si beau que, dans son trouble, elle a le sentiment de marcher sur de la glace.

— Je vais vous mettre dans un taxi qui vous conduira jusqu'à la villa de Koelhi. Il doit être rentré.

— Vous croyez que je ne vais pas le déranger ?

Le champion d'Éthiopie s'est penché vers elle en lui lançant un clin d'œil et, pour un peu, elle regretterait presque d'être obligée de partir.

Elle arrive à la nuit tombante devant une villa en moellon, construite sur les hauteurs de Meinhof. Le froid est si vif qu'elle s'empresse de sonner à la porte. La jeune fille qui lui ouvre n'a pas l'air étonnée de la voir surgir à cette heure, avec sa valise à la main.

— Je suppose que vous êtes Muriel. Mon père vous attend au premier, dans la chambre de droite. Je m'appelle Isolde.

Elle monte l'escalier en se demandant ce qu'elle va lui dire. Elle aperçoit une chambre éclairée, dont la porte est restée entrouverte, parce que son occupant s'est absenté une minute. Elle pousse la porte. Avec son imperméable et ses lunettes noires, elle se fait l'effet d'être une espionne. Elle lui dira qu'Alex a insisté pour qu'elle l'attende ici, mais qu'elle peut très bien aller à l'hôtel si c'est un dérangement. La chambre est beaucoup plus petite qu'elle ne l'aurait imaginée, avec des murs tapissés de livres en allemand et une photo d'équipe de football collée au-dessus du lit, ce qui l'étonne légèrement. Sinon le reste de la chambre révèle un goût prononcé pour la claustration ; il y a notamment sur la table du fond un véritable garde-manger, ainsi qu'un camping-gaz, laissant supposer que Koelhi a l'habitude de prendre ses repas dans sa chambre. Elle s'est assise sur un pouf au milieu de la pièce, les genoux entre les bras.

— Je peux me permettre d'entrer ?

Dans sa surprise elle a répondu oui, sans se rendre compte de l'ironie de la question. Elle aperçoit en se retournant un grand garçon frisé qui tient un ballon sous son bras. Elle ne comprend pas ce qui se passe.

— Je suis Muriel Issenheim. On m'a dit que Monsieur Koelhi m'attendait.

— Ah, moi, je ne suis que le fils. La chambre de mon père se trouve au bout du couloir.

Elle se sent rougir de honte. Elle commence à rassembler ses affaires afin de disparaître le plus vite possible, mais l'autre semble prendre plaisir à son intrusion.

— Je vous en prie, vous pouvez demeurer une seconde. Je m'appelle Marcus. Je suppose que vous êtes la compagne du boxeur.

Elle approuve de la tête, sans pouvoir déterminer s'il est en train de se moquer d'elle ou s'il parle un français scolaire. Il s'est calé le dos contre la porte et tient toujours son ballon avec lui, un peu à la manière de ces martyrs qui portent leur tête sous le bras, en affectant de trouver ça normal. Il a des épaules bizarrement courtes et un torse resserré, presque arrondi, qui le fait paraître encore plus jeune qu'il ne doit être réellement. Sinon il n'a pas la moindre beauté, exceptés ses longs cils de fille.

— Mon père a beaucoup d'estime pour votre ami Alex, continue-t-il afin de lui faire plaisir, et dans l'espoir sans doute que leur rencontre n'en restera pas là.

Maintenant elle se demande comment elle va prendre congé de lui. Il a l'air à l'aise dans ce genre de situation et nullement désireux de la voir partir. Elle remarque seulement que, de temps en temps, il ne peut s'empêcher de jeter un coup d'œil méfiant à ses étagères, de crainte qu'il n'y manque un volume. Elle s'est mise debout.

— Vous ne voulez vraiment pas demeurer ?

— « Rester », rectifie-t-elle.

Elle va jusqu'au bout du couloir et, cette fois, prend la précaution de frapper et d'attendre qu'on lui dise d'entrer dans la chambre.

— N'allumez pas ! crie son occupant.

Koelhi est assis dans la pénombre, les bras posés sur les accoudoirs d'un fauteuil. Elle remarque tout de suite ses pupilles étoilées, comme en ont les animaux dans leur cachette.

— Dès qu'on allume, je perds le fil de mes idées.

— Alex m'a dit que je pourrais venir chez vous…

Il a fait un geste de la main. Il sait parfaitement à quoi s'en tenir et n'a pas besoin qu'elle lui raconte son histoire. Maintenant qu'elle s'est habituée à l'obscurité, elle aperçoit un vieillard affaissé, qui la fixe avec de grands yeux vides. Elle a la sensation d'arriver trop tard.

— Si je vous dérange le moins du monde, je peux très bien aller à l'hôtel. Il suffit que vous m'en indiquiez un qui ne soit pas trop loin d'ici, dit-elle en souhaitant déjà quitter cette maison.

— Je suis trop heureux de vous connaître.

Elle observe ses mains qui pendent au bout des accoudoirs. Ce sont de longues mains cireuses, auxquelles des ongles démesurés, et la pierre rouge qu'il porte à l'auriculaire, donnent des allures de mains de cardinal. Elle ne se le représentait pas du tout ainsi.

— En ce moment, je suis malade et je ne bouge pas beaucoup. Je me console en m'occupant de mon herbier. Vous avez déjà vu un herbier ?

Elle fait oui et il ne dit plus rien. Ce silence

entre eux, ajouté à l'obscurité et à la température de la pièce, la déprime complètement. Elle a l'impression d'être entrée dans la chambre froide d'un hôpital. Elle dit : « On nous attend peut-être en bas. »

— Oui, ayez la gentillesse d'aller voir s'ils nous attendent.

On l'a installée à table, à côté du fiancé d'Isolde, et depuis le début du repas, l'autre semble prendre un malin plaisir à s'adresser à elle en allemand, alors qu'il est patent qu'elle le maîtrise à peine. Tout ce qu'elle est parvenue à comprendre, en rassemblant ses souvenirs de dialecte alsacien, c'est qu'il faisait actuellement sa période militaire dans la région de Berne. Il porte d'ailleurs à table la tenue vert-de-gris des soldats suisses. La femme de l'entraîneur se contente d'aller et venir entre la cuisine et la salle à manger, apportant les plats sans dire un mot. On dirait qu'elle leur reproche à tous, particulièrement à son mari, de l'obliger à préparer des repas de gala quand elle a autre chose à faire. C'est une femme encore superbe, avec des cheveux décolorés et de grands yeux noirs de gitane. Muriel la trouve si intimidante qu'elle ne lui a pas encore fait le moindre compliment sur sa maison. Koelhi est assis en face d'elle avec sa fille, tandis que la chaise de Marcus est restée vide. Elle l'imagine en train de dîner dans sa chambre, à côté de son camping-gaz. Mais elle est surtout secrètement déçue de ne pas voir le champion d'Éthiopie. Elle croyait qu'il avait pris pension chez eux et qu'elle aurait l'occasion de le rencontrer. Madame Koelhi a servi une macédoine de légumes pour accompagner un poulet en gelée. Elle a horreur de la gelée. Elle essaie de manger sans trop chipoter, pendant qu'une grande tristesse d'enfant l'étouffe. Il faut qu'elle mâche lentement. En face, Koelhi a le nez plongé dans son assiette.

— Il mange comme quatre, fait remarquer sa femme, si bien que les autres le regardent méchamment en surveillant chacun de ses gestes. En fait, bien qu'elle soit de tout cœur avec lui, elle doit reconnaître qu'il n'est pas très plaisant à voir. Il est tout recroquevillé sur son siège et avale d'énormes portions de poulet. De temps à autre, sa fille lui donne des coups de coude, mais il n'a pas l'air de s'en apercevoir.

— Vous croyez que Marcus viendra nous rejoindre tout à l'heure ? demande-t-elle à Madame Koelhi, espérant lui faire plaisir.

— J'en doute fort.

— Le Doute est un des cinq Empêchements à la compréhension de la Vérité !

Elle a sursauté. Les autres n'ont pas l'air surpris. Elle aperçoit sa femme qui fait de grands signes dans son dos pour la prévenir de ne pas se formaliser.

— Ma femme a fait des poires Belle-Hélène, dit Koelhi, redevenu soudainement affable, est-ce que vous aimez ça ?

— Bien sûr.

Il s'est remis à manger. Mais l'éclair d'un instant, dans la seconde où il a baissé la tête, elle a remarqué quelque chose de malicieux dans son regard, et elle est persuadée qu'il le fait exprès, qu'il est en train de leur jouer la comédie.

Le militaire est allé chercher une carte dans le salon, afin de lui montrer où se situe leur terrain de manœuvres. Elle réalise tout à coup que si elle ne trouve pas un moyen de détourner la conversation, il risque de l'entreprendre toute la soirée sur ses veillées à la belle étoile, sans se soucier aucunement des difficultés qu'elle a pour le comprendre. Heureusement, Madame Koelhi s'est rendu compte de son embarras.

— Vous êtes actuellement en congé ? demande-t-elle en lui tendant des biscuits roses, un peu effrités.

— J'ai pris trois semaines de vacances pour rejoindre Alex. J'avoue que je suis pressée de le retrouver, ses combats me font peur.

— Il ne faut pas y penser, répond Madame

Koelhi qui visiblement ne veut surtout pas qu'il soit question de boxe à table.

D'ailleurs les autres soit n'ont pas entendu, soit font la sourde oreille, car aucun n'a réagi. Koelhi s'est même endormi sur sa chaise, le menton sur la poitrine. Isolde et le militaire en profitent pour se frotter les jambes sous la table, pendant que la maîtresse de maison a disparu dans la cuisine.

— Monsieur Koelhi ! dit-elle pour le réveiller, je suis très impatiente d'avoir des nouvelles d'Alex. Est-ce que vous irez le voir ?

— J'irai demain matin. Je passerai deux ou trois jours avec lui, si ma santé me le permet. J'espère que pendant mon absence vous profiterez de la maison. De l'autre côté, vous avez une salle de gymnastique et une petite piscine... C'est là, fait-il en lui désignant le bâtiment attenant à la maison.

Elle s'est mise à la fenêtre. Au-delà du bâtiment et du jardin, on voit des pentes de neige.

— Est-ce qu'on vous a dit où se trouvaient les toilettes ? C'est à droite, au bout de ce couloir.

Il lui a dit ça sur un tel ton de commandement qu'elle se croit obligée d'y aller.

Le matin, elle fait les cent pas dans sa chambre en explorant les armoires, les penderies, les tiroirs de la commode. Elle soulève les affaires, cherche des cachettes tout en haut des étagères. Il y a partout des vêtements de femme qui doivent appartenir à Madame Koelhi. Elle éprouve un étrange plaisir à fouiller cette intimité fade, ces bas et ces combinaisons en nylon, qui lui rappellent les armoires familiales où des heures entières elle cherchait un secret, qui n'était certainement que le sien. Sa chambre se trouve dans la partie neuve de la maison, du côté de la salle de bains. Alors elle explore la salle de bains, elle marche en chaussettes sur le carrelage. La liberté qu'elle éprouve à se promener dans des pièces qu'elle ne connaît pas lui donne la tentation de faire des bêtises, de voler un médicament dans l'armoire à pharmacie ou d'uriner dans la douche. La chambre de Marcus se trouve en face. Elle remarque que la porte est restée entrouverte, dans l'espoir d'une visite. Elle défait ses affaires qu'elle accroche précautionneusement dans la penderie. Elle tourne les boutons du poste radio, sans trouver autre chose que des chansons allemandes. Elle a envie d'aller se baigner. Elle prend son maillot et enfile des chaussures de tennis.

— Vous allez à la salle de gymnastique ?

Madame Koelhi se tient au bas de l'escalier et manifeste une telle contrariété à la voir partir, un tel désir de la retenir, que Muriel se demande si elle ne va pas la bousculer pour se sauver.

— Vous aviez besoin de moi ?

— Je voulais vous tirer les tarots. Je suppose que vous vous intéressez à l'avenir, c'est de votre âge.

Elle sent sur elle ses grands yeux noirs de chiromancienne et ne sait plus que dire.

Elles se sont assises dans le salon. Madame Koelhi commence par disposer les cartes sur le tapis, d'abord verticalement, puis horizontalement.

— Quelque chose me dit que vous ne pensez pas beaucoup à ce cher Alex, remarque-t-elle en s'appuyant au bord de la table, comme si elle était obligée d'y penser pour elle.

Elle n'a sans doute pas tout à fait tort. Mais c'est tant d'anxiété pour son âge, tant de découragement parce qu'elle ne sait pas comment l'aider, qu'elle préfère encore lire ou aller à la piscine. De toute façon, Alex l'aime ainsi.

— L'Empereur est à côté de l'Impératrice.

— C'est grave ?

— Au contraire, on dirait l'annonce d'un mariage.

Malgré sa défiance, elle ne peut s'empêcher de regarder les figures énigmatiques de l'Empereur et de l'Impératrice, disposées côte à côte, et si belles, lui semble-t-il, d'être réunies par le hasard, en compagnie de la Lune, du Fou et du Chariot.

— D'après le Chariot, il sera question de voyage.

— Nous irons quelque part ?

— Ou quelqu'un viendra vers vous. Si j'en juge d'après la position de l'Empereur, votre mari retrouvera une personne qui lui a été chère, une Orientale.

Elle s'est penchée au-dessus de la table pour mieux voir et, pendant une longue minute (elle voit tout, même le dessin des fleurs de camélia, même les chaussettes blanches) elle sent qu'elle résiste de toutes ses forces pour ne pas relever les yeux.

— Et voilà le Pape !

— Le Pape, répète-t-elle.

Le lendemain, elle passe la journée à la piscine. Elle a amené son roman, avec des magazines de mode, et reste là, sur le bord du bassin, sans avoir le courage de se baigner. Elle pense encore aux tarots. De temps à autre, l'ouvrier chargé de l'entretien vient lui tenir compagnie et bavarder avec elle en français. Il est natif du Piémont, mais refuse obstinément de parler italien, comme s'il tenait à son incognito. Il a même décidé que ses enfants deviendraient suisses, ce qui la choque un peu, mais elle suppose qu'il a ses raisons.

— Vous êtes la femme d'Alessandro ?

— Sa fiancée.

C'est drôle comme de l'entendre appeler Alessandro lui fait l'effet d'une électricité dans le coude. Elle ne l'appelle plus ainsi depuis des années.

— Je suis sûr qu'il deviendra un grand champion.

Elle répond : « Moi aussi. » Après son départ, elle aperçoit le visage de Marcus collé derrière la porte d'entrée. Elle lui fait signe d'approcher. Il remue la jambe ; sans qu'elle comprenne s'il ne peut pas se baigner à cause d'une blessure, ou s'il doit aller jouer au ballon. Elle le voit s'en aller en sortant par le jardin. Dehors, il fait déjà nuit. Elle s'est mise debout au bord du bassin, les genoux légèrement fléchis pour plonger.

L'eau est presque chaude. Elle nage longtemps dans l'obscurité, jusqu'au moment où elle n'a plus de souffle et où les épaules lui font mal. Elle se met sur le dos. Elle a l'impression d'être bercée par les vagues de millions d'années.

Quand elle rentre dans la maison, les autres sont déjà couchés, on n'entend plus un bruit. Elle marche sur la pointe des pieds, sans allumer l'éclairage. On sent le parfum des mandarines. Elle ouvre le réfrigérateur, dont la lumière se répand sur tout le carrelage. Elle boit un verre de lait. Elle regarde les montagnes à la fenêtre, la neige tombée sur le jardin. Elle a envie d'appeler sa mère. Elle se souvient du téléphone qui se trouve dans le salon, sur la table en rotin. Au moment où elle s'installe dans le fauteuil, l'appareil se met à sonner. Elle décroche le combiné en faisant « Oui ? », sur le ton impatient d'une personne arrachée à ses réflexions.

— Est-ce que je pourrais parler à Muriel Issenheim ?

La voix c'est notre reste. C'est tout ce qu'on garde de soi, tout ce qui confirme jusqu'au bout que nous avons été une chance unique. Et sa voix, elle la reconnaîtrait entre des milliers.

— Tu m'appelles de ton hôtel ?

— Je reviens de l'entraînement. Je suis complètement détruit.

Elle a fermé la porte pour que personne n'entende. Et pendant qu'elle l'écoute lui parler de ses séances d'entraînement et de ses randonnées en montagne, elle a la sensation de le suivre en tenant un fil minuscule, en faisant tout pour ne pas le perdre.

— Le match a lieu quand ?

— Dans deux jours. Koelhi te racontera comment ça s'est passé.

— Mais quand est-ce que je vais te revoir… Tu m'entends ?

Par moments, il marque des silences pour réfléchir ou parce qu'il est distrait par quelque chose qu'elle ne voit pas. Elle presse l'écouteur contre son oreille.

— Alex ?

— Bientôt, bientôt.

Elle perçoit une espèce de fou rire tout au fond de la ligne, qui paraît venir de nulle part. Il a raccroché. Elle repose doucement l'appareil et monte l'escalier, sans faire craquer les marches.

Elle a de plus en plus le sentiment d'être de trop dans la maison. Elle est assise à table entre le militaire et sa fiancée, qui ne desserrent pas les dents, tandis que Madame Koelhi fait de grands gestes dans la cuisine. On ne sait pas pourquoi.

— Vous voulez un œuf en gelée ?

Ils le font exprès. Elle laisse la gelée sur le bord de l'assiette et entreprend de manger l'œuf, en mastiquant lentement. Elle ferait mieux de partir. Elle est déjà prête à se lever de table quand elle entend la voiture, sur le gravier. Elle sait maintenant que Koelhi est rentré. Il se débarrasse de ses affaires dans le vestibule, tend quelque chose à sa femme, qui l'embrasse en se plaignant :

— Qu'est-ce que tu as fabriqué ?

Il ne dit trop rien. Dans sa tristesse, il marche sur la pointe des pieds.

— Muriel, vous voulez venir avec moi ?

Il s'est mis à sourire en la voyant. Et d'un seul coup tout devient très rapide, comme dans une attaque à main armée dont les autres sont les otages. Elle a l'impression qu'il lui lance des armes par-dessus la table en lui disant de courir. Elle a repoussé sa chaise.

Ils marchent l'un derrière l'autre sur le chemin de Meinhof, lui en tête, elle à deux pas. C'est lui qui retient les branches épineuses avec son mouchoir, de peur qu'elle ne se blesse, pendant qu'elle est toute à la joie de marcher derrière lui, comme une enfant cachée dans son dos. Elle s'étonne à peine de ne pas le voir malade.

— Votre femme disait que vous alliez faire une rechute.

Il a éclaté de rire.

— Je vous aime beaucoup, dit-il sans se retourner.

Elle est persuadée que c'est vrai. Elle est en train de suivre son amoureux, son kidnappeur, son second père et elle sent la chaleur du sang lui monter aux joues.

— Lui aussi vous aime, je l'envie.

— Il a gagné facilement ?

— Il vous racontera tout ça. Vous avez rendez-vous à Bâle.

— À Bâle ?

Il a mis un doigt sur sa bouche et elle s'est tue. De l'endroit où ils se trouvent, légèrement en surplomb, ils aperçoivent une rivière avec des peupliers, tandis que, tout au fond de la vallée, un mur de nuages réfléchit la lumière.

— Vous avez de la chance, Muriel.

— Pourquoi ?

— Mais vous devez le savoir. On sait toujours pourquoi on a de la chance.

Le soir, il l'emmène en voiture jusqu'à Zurich. Elle reconnaît les tramways bleu et blanc de Bahnhofstrasse, les ponts qui enjambent la Limmat.

— Alex vous téléphonera à l'« Orange-Hôtel ». Vous avez un train qui part ce soir, à dix heures trente.

Il conduit très vite en ville, sans marquer d'hésitation ; ses gestes ayant quelque chose de souple et de précis qui la rend admirative. Elle se demande quel âge il peut avoir réellement. Ils s'installent à la table d'un restaurant indonésien, situé tout près du centre, dans les rues piétonnes.

— Vous verrez que ce sera bien meilleur qu'à la maison. Vous comprenez maintenant pourquoi ma femme me rend triste ?

Elle fait oui, et il a une très belle façon de

baisser la tête pour contempler le cours de sa vie.

— Je me suis marié trop tard. Quand Isolde est née, c'était déjà l'enfer.

Elle dit : « Je comprends. » En fait, elle est moins sensible à sa tristesse qu'à sa fragilité évidente, parce qu'elle y voit un encouragement à parler, avec l'assurance qu'il ne se moquera pas d'elle.

— La vie avec un boxeur n'est pas facile non plus. J'ai souvent peur.

— Les hommes doivent aller au combat pour que la roue du monde continue de tourner.

— Sinon, le monde s'arrêterait ?

— Peut-être.

Elle s'est remise à manger ses légumes avec la lenteur d'une vache brahmanique. Elle aimerait bien qu'il la gouverne, qu'il lui dise ce qu'elle doit faire ou penser, mais il a toujours cette façon de rire en retirant les doigts de son âme, en devinant sa gourmandise, qui doit être un signe d'amour. Il n'a rien à lui dire qu'elle ne sache déjà.

— Je crois qu'il est temps de partir.

Dehors, il s'est mis à pleuvoir. Ils dérivent du côté de Paradeplatz, serrés sous un parapluie blanc qu'il balance au-dessus d'elle. Elle a la sensation de marcher à côté d'un petit homme magnétique qui lui parle des nuages (« Vous aussi, vous vous intéressez aux nuages ? ») ou des orages de grêle auxquels il a assisté au-dessus de Locarno, tout en esquissant des pas de danse (« Pourquoi vous êtes crispée ? Laissez-vous aller »). Alors elle se laisse aller, elle marche sans parler, sans se désunir, en tâchant seulement de suivre son pas. Quand ils remontent en voiture, que le plafonnier s'éteint à nouveau, elle est presque déçue qu'il ait l'air triste.

— Maintenant, Radha va retrouver Krishna et une éternité de délices les attend. Je penserai à vous, Muriel.

Il a passé la tête à la portière, pendant qu'elle traverse le hall de la gare en lui faisant des signaux. Elle demande un billet pour Bâle, en seconde classe, et il continue à la regarder, le cou posé sur l'arête de la vitre.

III

Le matin, elle est réveillée par un employé de l'hôtel qui lui apporte un message d'Alex : « Serai à la gare à 13 heures. » Elle se lève d'un bond, en tirant les rideaux. Il y a du brouillard sur toute la ville, on distingue à peine les rives du Rhin. Elle entend un cri d'oiseau aquatique : *Oui-dit-il ! Oui-dit-il !* qui semble venir de l'autre côté du pont. Et soudain elle se sent riche d'un grand secret, parce qu'elle sait qu'il doit venir. Elle s'enferme dans la salle de bains. Elle a envie de se purifier et de se faire belle pour leur rencontre. Après le bain, elle ne sait plus quoi faire, il n'est même pas neuf heures. Elle s'assoit dans le fauteuil près de la fenêtre et commence à lire un dépliant touristique sur la ville de Bâle, rédigé en allemand. Elle a l'impression qu'Alex est en train de mesurer sa patience. Elle regarde le pont qu'on appelle le Rheinbrücke et qui vibre sans arrêt du passage des trams. De l'autre côté, à gauche, il y a un autre pont qu'elle distingue à peine de sa fenêtre. D'après son plan, ce doit être l'extrémité est de la ville. Des touristes allemands regardent le brouillard devant la porte de l'hôtel, l'air découragé, tandis que leurs femmes sont encore à se préparer dans les chambres. Elle donne sa clef à la réception. Le gérant semble absolument convaincu qu'une jeune femme de son âge ne devrait pas rester seule. Elle a envie de lui rire au nez ou de faire un geste sale. Elle se souvient qu'elle doit passer à la banque afin de changer de l'argent. En fait, elle a tout le temps d'aller à la banque et de se promener en ville avant l'arrivée du train. On dirait d'ailleurs que, depuis qu'elle est à Bâle, elle souffre d'un léger sentiment de décalage horaire, car elle ne cesse pas de regarder sa montre et de s'étonner de l'heure qu'il est.

Elle marche jusqu'au Rheinbrücke afin d'apercevoir les éclairages des bateaux restés à quai. Elle adore les lampes des bateaux. Elle a emporté son appareil photographique avec elle, mais elle n'y pense même plus une fois sur le pont. Elle a d'un seul coup la sensation d'être libre et de se retrouver au centre d'elle-même, comme une porte remise sur ses gonds. Elle aspire le vent froid avec l'odeur du fleuve. De l'autre côté, au bas de la vieille ville, il y a un petit chemin et un escalier pour accéder à la cathédrale. Elle monte l'escalier où stationnent des lycéens arrêtés par le brouillard. Ils tournent vers elle leurs visages intenses en se rangeant contre le mur, et elle continue de grimper la rampe sans reprendre son souffle. Arrivée en haut, sur la terrasse du Pfalz qui domine le Rhin, elle ne voit même plus le bas de la cathédrale. Elle entend seulement des voix près du portail. Quelqu'un parle de la statue de la Vierge Folle en provoquant des rires. Elle écarquille les yeux pour essayer de l'apercevoir. La statue doit se trouver au-dessus du porche, en face de celle du Tentateur. Elle se demande comment les autres font pour les voir, elle distingue à peine le portail. Et elle en éprouve une légère anxiété qui lui donne envie de redescendre en ville. Plus bas, le brouillard est déjà dissipé, les gens se promènent sur les pelouses sans paraître étonnés que l'autre moitié de la ville ait disparu. Des enfants crient très fort en surgissant de derrière les arbres, pendant que leurs mères prennent des photos, agenouillées dans l'herbe, pour être à leur hauteur. Elles sont habillées de jupes en lainage qui découvrent leurs jambes blanches. Elle pourrait leur parler et rester avec elles sur un banc. Elle a l'impression qu'au fur et à mesure qu'approche l'heure du rendez-vous, elle a de plus en plus de moments de distraction. Elle est revenue à l'entrée du pont, sans même en être consciente. Elle observe un couple assis au bord de l'eau, sur des gradins en ciment : l'homme est complètement penché sur le côté et la femme ferme les yeux en se laissant déshabiller, comme si les rives étaient chaudes.

Dans le tram, elle se rend compte que sa pensée s'affole et va plus vite que ses actes. Elle est prise dans un film accéléré, en avance sur le temps réel. Elle décide de marcher un peu afin de se calmer. Son plan indique qu'il faut remonter Elisabethenstrasse et traverser le parc. Alors elle traverse le parc, en s'efforçant de s'arrêter ici ou là pour admirer les pelouses et les fontaines gelées. Elle s'arrête même au pied de la statue offerte par la ville de Strasbourg, en commémoration d'un événement qui lui échappe. Elle faisait déjà la même chose les premières années, quand il lui donnait rendez-vous Porte Dorée, à côté de sa salle d'entraînement. Elle essayait de gagner du temps en allant jusqu'aux grilles du zoo ou en regardant les frises du Musée des Arts africains et océaniens. Et elle arrivait toujours à l'avance. Pourtant elle se raisonnait, elle se disait qu'elle avait une chance unique et qu'il ne fallait pas la gâcher en se précipitant comme une folle à son rendez-vous ; elle essayait même d'être un tout petit peu en retard. Elle finissait immanquablement par arriver la première, avec cette chance trop lourde pour elle. Maintenant elle est devant la gare. Elle pousse les deux portes vitrées.

Sur le quai de l'Intercity, elle croit reconnaître le dos d'Alex penché au-dessus de ses valises, en fait c'est un étudiant américain qui n'en finit pas de ranger ses papiers à l'intérieur de son sac à dos. Elle s'installe sur le banc d'entrée, à côté des douanes. L'employé lui a dit que l'attente (il la regardait avec une douceur surprenante) ne devrait plus être longue. Elle est habillée d'un blouson en cuir à cause du froid et reste là, les mains enfoncées dans les poches, à surveiller les allées et venues des voyageurs. Certains, la peau noircie par l'altitude, filent à grandes enjambées vers un taxi, en se trompant de sortie, ou en laissant tomber leurs affaires parce qu'ils n'ont pas encore retrouvé leurs habitudes terrestres. Elle se demande si Alex sera aussi égaré. Elle a quitté son banc afin de surveiller les issues en face de la galerie, tout en étant convaincue qu'il arrivera fatalement par l'autre bout. Mais elle ne voit personne. Elle sera toujours à l'avance. Elle déambule à l'intérieur de la galerie, en retournant de temps à autre sur le quai de crainte qu'il n'ait pris une autre sortie et qu'il ne soit à présent en train de l'attendre. Elle ne voit que des familles avec des entassements de valises sur des chariots. Les porteurs ont les oreilles violettes à cause du froid. Elle se souvient que dans les westerns il y a souvent quelqu'un qui vient de loin et qui approche de la petite ville en ayant l'air d'apporter une autre ligne d'horizon ; les gens au premier plan ont une très belle façon de tourner la tête lorsqu'il est juste derrière eux. Alors elle tourne la tête de la même façon.

Elle revient seule dans Elisabethenstrasse, en se dirigeant à tout hasard du côté du port. Elle ne sait pas trop ce qu'elle éprouve. Elle se dit qu'il arrivera certainement demain à la même heure et qu'elle sera au bout du quai. Elle est presque contente de l'attendre encore. Elle suit un quai ceinturé par un grillage, avant de déboucher en vue du port industriel. Elle reconnaît les raffineries qu'on aperçoit du pont, avec leurs passerelles très hautes. Elle aime bien les paysages de port, les grues, les silos, parce que ce sont des lieux de force où l'on travaille jour et nuit. Par moments elle se sent une âme de détenue. Elle marche ensuite vers les zones nouvellement construites, traverse un pont, des voies ferrées. Elle se retrouve dans une petite rue déserte terminée en escalier. En haut, il y a une construction en verre qui ressemble à un gymnase. Elle s'est arrêtée au bas de l'escalier. Elle a souvent le sentiment diffus que les villes, comme les montagnes, sont toutes les mêmes et qu'on ne s'en rend compte que la première fois. Plus tard, on apprend à les différencier, on y met des noms de rue, des souvenirs ; on perd sans doute le plus intéressant. Elle remonte la rue en direction d'une place avec des arbres, d'où l'on découvre une grande église moderne. Sur le parvis, un groupe d'adolescentes chaperonnées par un professeur regarde les vitraux, l'air maussade. Elles préféreraient visiblement aller se promener en ville. D'après la plaque d'immatriculation de leur car, ce sont des Allemandes de Stuttgart. Elle a connu exactement la même chose en pension, les sorties scolaires, les journées passées à s'ennuyer entre filles. Tout cela paraît incroyablement loin ; maintenant elle attend Alex, alors qu'à l'époque elle n'attendait personne. Elle se demande comment on peut regretter ces années-là. Il n'y avait rien, rien.

Elle se retrouve en fin d'après-midi dans une brasserie, de l'autre côté du port. Des ouvriers immigrés sont attablés par groupes de quatre ou cinq en face de la télévision qui diffuse un reportage de sport en italien. Pendant un instant, elle ne sait plus quelle langue il faut parler et, le temps d'hésiter et de chercher ses mots, c'est comme une sensation d'abondance. Elle commande un chocolat au kirsch. Elle est la seule femme installée à une table. Mais elle se sent parfaitement tranquille au milieu de ces hommes, dont les regards lui font l'effet d'une approbation générale et d'un encouragement à rester ce qu'elle est, solitaire et amoureuse. De temps à autre, ils risquent un sourire et se remettent aussitôt à suivre les images. Ils ont alors des attitudes très rigides parce qu'ils pensent à autre chose. Elle commande un autre chocolat avec beaucoup de kirsch. Au sortir de la brasserie, le froid la réveille de son ébriété. Il faut encore qu'elle rentre à pied jusqu'à l'hôtel. Le gérant a toujours son air désolé de la voir aussi seule.

— Vous ne connaissez vraiment personne à Bâle ? lui demande-t-il en faisant tourner la clef au bout de son doigt. Elle répond « Si, j'attends quelqu'un » et file comme une souris.

Elle téléphone à sa mère. Elle compose le numéro de Bondy, attend longtemps, mais personne ne répond. Elle appelle les voisins, sans plus de succès. On dirait une ville disparue. Elle décide de se coucher très tôt, sans même aller dîner. Elle prend un bain. Il faudrait toujours jeûner et se purifier avant un rendez-vous. Elle se met au lit en regardant la télévision. Elle a oublié de fermer les volets, de sorte qu'on continue d'entendre la rumeur du trafic sur le pont. Elle se sent terriblement énervée, sans savoir pourquoi. Pourtant, elle est convaincue qu'il viendra à la gare. Mais elle aimerait qu'il soit là et qu'il la voie en train de l'attendre ; un peu comme les enfants qui font semblant d'être morts et regardent à travers leurs paupières. Elle s'est relevée d'un bond. Quelqu'un a crié. Elle colle son oreille à la cloison de la chambre, en retenant sa respiration. Et pendant qu'elle est là, à avoir froid, elle se souvient de la Vierge Folle. Elle l'imagine ainsi, dans cette posture d'insensée. *(Dans quel état il va me voir arriver.)* Elle prend un somnifère avec un verre d'eau. Elle essaie de lire quelques pages de son roman italien. Elle en était restée au moment où le personnage principal embarque sur un voilier ; mais elle n'arrive plus à retrouver le passage. Elle ferme les yeux. Elle voudrait s'endormir d'un seul coup, comme un bateau laisse tomber ses voiles.

Revenir n'est peut-être pas moins beau que partir, ni moins difficile. Il est revenu. Il est au bout du quai, entouré de ses valises, coiffé de sa casquette à visière, et elle ne bouge même pas. Elle reste derrière la porte de la galerie. Elle le voit de dos, pendant qu'il est appuyé au pilier. Il a les jambes un peu fléchies. Il doit être fatigué d'attendre en plein froid, alors que les autres ont déjà retrouvé leur famille ou leurs amis. Mais il l'a tellement fait attendre qu'il peut bien l'attendre encore quelques secondes. Elle est curieuse, elle s'est toujours demandé comment il était quand elle n'était pas là. Il a changé de position pour se dégourdir les membres et elle s'est mise à tourner autour de lui. Elle le voit de profil cette fois-ci. Il a des pansements sur le visage avec de grosses lunettes noires, qui lui dissimulent entièrement les yeux. Il a l'air éreinté et souffrant. Elle comprend tout à coup pourquoi il est resté plusieurs jours à recevoir des soins. Elle continue à tourner dans la galerie. Elle entend derrière elle la voix d'une dame dire : « Et voilà cinq qui font cent », tandis qu'un homme lui répond : « Vous me donnez tout ? » et la dame dit, sur la même ligne mélodique : « Et mille qui font deux mille. » Elle se sent trembler de la tête aux pieds. Chacune de leurs rencontres ressemble à un abordage du hasard, auquel rien ne pourra jamais la préparer. Elle pousse la porte. Elle traverse le hall en courant, et tout le monde fait silence comme si c'était grave. Il a les mains enveloppées de bandelettes. « Tu es venue », dit-il, et elle éclate de rire parce qu'elle a l'impression de serrer l'homme invisible.

Ils reviennent en direction de l'Aechenplatz afin d'attendre le tram, elle ne lui a pas encore dit un mot. Il y a trop de monde autour d'eux, trop peu de temps qu'elle est avec lui : elle a peur de lui souffler des bêtises. Elle le tient par le bras. C'est un après-midi d'hiver comme il y en a tant, avec un ciel très gris, très bas qui les aplatit sur la terre, pendant qu'un vent de pluie secoue leurs manteaux. Ce pourrait être dans n'importe quelle vie.

— Koelhi t'a prévenue ?

— Prévenue de quoi ?

— De ce qui m'est arrivé.

Elle fait signe que non. Elle continue à frotter

sa chaussure contre la bordure du trottoir pour éviter de le regarder. Ils montent dans le tram. Il s'assoit tout de suite à l'avant en étirant ses jambes, tandis qu'elle reste debout derrière lui. Elle pourrait mettre la main sur son épaule et lui parler. Elle reconnaît les rues où elle s'est promenée en l'attendant. Quand ils arrivent à l'« Orange-Hôtel », le gérant a un léger sursaut. Non seulement elle revient avec un homme — arrangement dont il n'a jamais été convenu — mais c'est un boxeur, enveloppé de bandelettes de gaze. Du coup, il a l'air insuffisant derrière son bureau.

— Vous avez un passeport ou une carte d'identité ? demande-t-il sur un ton mécanique. Je suppose que vous voulez une chambre matrimoniale. Vous désirez également une salle de bains ?

Elle fait oui à chaque fois, et il parle de plus en plus mécaniquement et de plus en plus vite. Il devient menaçant. Encore un peu et il va les adjurer d'être chastes à partir de neuf heures.

— Dis-moi ce que tu vois, sans mentir.

— Laisse-moi, Alex.

— Allez, dis-le !

Il est torse nu sur le tabouret de la salle de bains, le dos appuyé au radiateur, et elle se tient accroupie devant lui comme pour lui baigner les pieds. Elle a les yeux levés. Elle voit une tête enflée, des arcades éclatées, un œil fermé. Elle voit sa chair à vif et sa jeunesse absurdement offerte, sans repli, sans recul. Elle a envie de tout laisser tomber et de retourner à Paris. Il a apporté un sac de médicaments dans sa valise. Elle lui passe une pommade sur le visage, l'applique doucement sur chacune des plaies, en pressant quelques secondes à chaque fois, afin que la chair tuméfiée se résorbe un peu. Elle aimerait le guérir par l'imposition des mains.

— Je me croyais dans un film au ralenti. Je voyais des gouttes de sueur, des gouttes de sang qui pleuvaient au ralenti. Quand j'ai baissé la tête, je me suis rendu compte que mon short était devenu rouge.

— C'était quel round ?

— Le cinquième, je t'ai dit.

Il a l'air agacé. Elle n'a même pas suivi les quatre premiers. Elle lui passe une serviette imbibée d'eau oxygénée pour laver la peau autour des plaies. Elle se souvient de sainte Irène, avec son éponge.

— C'est le prix de la victoire. Si la rétine est touchée, je suis fichu.

Elle jette les anciens pansements. Elle prend les bandelettes de rechange qu'il a dans son sac et commence à lui envelopper la tête pendant qu'il tient une compresse sur son œil.

— Je n'aurais jamais cru qu'il serait aussi coriace. C'était un Ghanéen, tu m'écoutes ?

De temps à autre, il essaie de sourire en relevant la tête pour la fixer de son œil unique, mais forcément son sourire est devenu plus petit. Il n'y arrive presque plus. Alors il baisse la tête, découragé.

Elle reste assise au bord du lit, à frotter son genou qui lui fait mal. Alex est allongé derrière elle, le corps très horizontal, les bras étirés en arrière. Elle distingue sa tête toute blanche sur le lit, pareille à quelque chose d'autonome et de léger, posé de côté. Elle l'aide à se déshabiller. Elle lui enlève son pantalon, ses chaussettes et jette tout en vrac sur le fauteuil. Elle s'allonge contre lui. Elle a la bouche pressée contre son oreille bandée.

— Avant de partir, je me suis souvenue d'une promesse qu'on m'avait faite quand j'étais petite.

— Qu'est-ce qu'on t'avait promis ?

— Je ne sais plus. Mais c'était une promesse très importante.

Il a éclaté de rire et s'est tourné vers elle en tentant de lui attraper les jambes. Il fait semblant de ne pas comprendre. Ce n'est pas ça la promesse. Elle dit : « Parle-moi. J'ai besoin que tu me parles. » Mais il n'entend plus. Il est pareil à tous les hommes. Il cherche la fermeture éclair de sa robe dans l'obscurité et elle tente de le retenir.

— Tu es contente que je sois là ?

Elle s'est relevée pour fermer la porte à clef. Elle s'enferme un instant dans la salle de bains avant de revenir s'allonger sur le lit. Ainsi va la vie.

— Tu ne m'as pas dit si tu étais contente.

— Arrête. Je ne sens rien comme ça.

— Et là ?

— Non plus.

— Tourne-toi.

— Alex ?

— Quoi ?

— J'ai envie que tu me fasses très mal.

Elle se souvient maintenant qu'ils sont à Bâle. Elle reconnaît le bruit du trafic sur le pont où passent les trams. Ils sont assis sur le lit, l'un à côté de l'autre, et chuchotent en tendant l'oreille. Il a dû se mettre à pleuvoir. Ils imaginent la pluie sur le Rhin, le ruissellement des stores au bord du quai. Toute cette terre endormie. Elle a l'impression qu'il suffirait du plus léger bruit de voix dans la rue pour que le temps se détache, comme une bande adhésive,

— Tu as été déçue de me voir revenir dans cet état ?

— Déçue de quoi ?

Elle ne comprend pas, ou plutôt elle comprend si bien qu'elle en éprouve presque de la honte pour lui. Elle dit : « C'est ce que tu me demandes qui me déçoit. » Il a donc si peu confiance en lui, si peu confiance en elle, qu'il se croit obligé de se faire pardonner.

— Je sais que je ferais mieux d'arrêter de boxer, mais c'est plus fort que moi.

Il s'est penché au-dessus d'elle et elle touche ses plaies avec les doigts. Elle lit en braille le récit de sa passion. Tout ce que pâtissent les hommes et dont les femmes sont le recueillement. Elle s'est tournée du côté du mur. Maintenant elle a envie de pleurer. Alex s'est levé pour aller boire au robinet de la salle de bains. Elle remarque le petit rectangle de lumière en haut du mur, avec les barres d'ombre des volets. Il est revenu s'allonger derrière elle. Il a la bouche pressée contre son dos.

— Muriel, tu m'écoutes ?

— Oui.

Elle a les yeux grands ouverts pour l'écouter. À chaque fois qu'il parle, sa voix ruisselle entre ses épaules.

Ils ont changé d'hôtel. Alex ne supportait plus le bruit du chauffage, ni les clients allemands qui s'interpellaient dans les couloirs ; de toute manière l'« Orange-Hôtel » était au-dessus de leurs moyens. Ils vont habiter derrière la gare, à côté de Güterstrasse, un hôtel à deux étages, à peine cosmopolite, avec des murs jaunis par les radiateurs. Leur fenêtre donne sur la cour et les toits enneigés, qu'on n'aperçoit qu'en partie à cause d'un mur d'entrepôt. Au fond de la cour, il y a deux grandes portes blanches qui ressemblent à des ouvertures de chambres frigorifiques. Alex est persuadé qu'il s'agit d'une boucherie de gros. Elle commence à défaire ses valises, à ranger les médicaments en haut de l'armoire. Il est resté à la fenêtre.

— L'hôtel te plaît ? demande-t-il sans se retourner.

Elle n'ose pas dire non. C'est lui qui a voulu

venir ici. Le bruit des trains fait légèrement vibrer les carreaux.

— Tu ne crois pas qu'on pourrait sortir ?

— Avec ma tête ? Je ferais peur aux enfants.

Alors ils sortent la nuit en direction de la cathédrale. Ils sont dans une telle solitude qu'elle se voit marcher avec lui. Quelquefois, au bas d'un immeuble, ils rencontrent des gens en tenue de ski qui déchargent des valises de leur voiture, et les autres les regardent en s'étonnant qu'on ait idée de se promener à cette heure. Ils doivent former un couple étrange : l'espion incognito et sa petite fiancée. Elle ne lui a même pas reparlé du mariage. Pourtant il avait bien dit que s'il gagnait, il l'épouserait. Sur la place de la cathédrale, l'air est glacé, ils se mettent à courir autour des statues en soufflant des nuages de vapeur. Ils rient ensemble comme on rit sur les photographies. Elle porte un bonnet en laine rouge. Ils s'assoient sur un des bancs de la terrasse, le dos tourné au Rhin, sans plus bouger que s'ils étaient saisis à l'intérieur d'un cristal. Ils entendent sonner minuit. Elle voudrait penser à quelque chose, mais n'y arrive pas à cause du froid.

Le bruit des trains fait vibrer les carreaux à intervalles réguliers. Il est assis sur le tabouret de la salle de bains, appuyé au carrelage, elle l'aide à se déshabiller. Elle enlève ses pansements, nettoie ses cheveux avec un peu d'eau de Cologne. Les arcades ont commencé à dégonfler et il n'y a presque plus de trace de sang.

— Tu as remarqué que ton œil continue à couler ?

— C'est l'œil du passé.

— Pourquoi du passé ?

— Regarde les gens. Ils ont toujours un œil un peu en retrait, légèrement plus petit, c'est leur œil du passé.

Il parle sérieusement. Elle l'installe sur le lit avant de sortir. Elle ramène des packs de bière, des sandwiches aux légumes et de la lecture, comme s'il s'agissait de tenir un siège ou de vivre en autarcie (ça ressemble au nom d'un pays). Elle lui met une serviette sur les genoux et l'aide à découper ses sandwiches. Il mange toujours la même chose.

— Tu ne t'ennuies pas de cette vie ? Je te fais passer de drôles de vacances.

Sous la chaise, elle aperçoit un gros insecte sombre qu'elle imagine être une blatte ou un cafard, elle ne connaît pas les insectes. Elle l'attrape pour le regarder. Il est tout tacheté de poussière et n'en finit pas de vibrer entre ses doigts. Elle le jette dans le cendrier. Comme il essaie de se sauver en escaladant la bordure en verre, elle le renverse sur le dos en le maintenant avec une allumette. Alex la regarde faire, sans rien dire. Elle a mis le feu à l'allumette. La bestiole agite frénétiquement ses pattes, avant de se retourner sur elle-même pour presser un peu de cendre éteinte contre son abdomen. Et Muriel l'observe, pantelante. Elle dit : « C'est incroyable. »

— Qu'est-ce qui est incroyable ?

— Ce qu'on peut souffrir.

Elle s'est enfermée dans la salle de bains. Elle s'aperçoit à sa montre qu'il n'est même pas onze heures et qu'il leur reste toute la journée à passer. Il est encore au lit. Elle revient avec la pommade et les bandelettes afin de lui changer ses pansements. Elle nettoie ses plaies en tâchant de ne pas frotter trop fort, pendant qu'il tient une compresse sur son œil.

— Je te fais mal ?

— Est-ce que Koelhi t'a parlé du troisième œil ?

— Pourquoi veux-tu qu'il m'ait parlé de ça, il ne m'a même pas dit que tu étais blessé.

— C'est l'œil de l'Esprit, ignorante.

Elle l'aide à s'asseoir sur les draps. Elle le tient un moment par les épaules afin d'arranger les oreillers et, tout à coup, il s'endort contre elle. Il bascule la tête en avant. Elle l'allonge et prend des magazines pour s'occuper. Sur l'un d'eux, elle découvre la photo d'une exécution au sabre, accompagnée de cette légende : « Décapitation en Chine. 1907. » Les quatre suppliciés sont attachés les mains derrière le dos, le corps tassé sur le côté, tandis que leurs têtes reposent un peu plus loin dans l'herbe. Celui qui est au premier plan a des espadrilles aux pieds. Et, sans qu'elle sache pourquoi, cette paire d'espadrilles la fait désespérer des hommes. Elle se relève, le corps engourdi. Elle se met à la fenêtre.

La nuit, ils marchent en direction du port en empruntant les escaliers. L'air est presque doux, la neige a fondu. Au bas de l'escalier, ils débouchent sur une place vide cernée par des nuages. Ils ont brusquement le sentiment de passer sous l'hiver et de profiter d'une heure de répit, d'une heure de douceur imprévisible, dont ceux qui dorment ne sauront jamais rien. Alors ils se dépêchent. Les bords du Rhin sont complètement obscurs, l'eau noire. Ils s'assoient sur un banc en ciment. Elle a la tête posée sur son épaule.

— Quand tu iras mieux, on pourra aller faire du ski.

— Je t'ai déjà dit que je ne voulais pas voyager.

Elle regarde les nuages qui vont très vite et la lune qui apparaît par instants. Elle dit : « J'ai fait un vœu ! »

Les antennes de l'insecte bougent encore. Quand elle approche à nouveau la flamme de l'allumette, il s'enfouit dans la cendre afin d'échapper à la brûlure. On dirait qu'il émet des ondes de douleur. Elle a soulevé le cendrier pour continuer à le voir. Il est retourné sur le dos. Le cendrier doit lui paraître immense au moment de mourir.

— Je me demande s'il fait déjà nuit. Tu veux ouvrir ?

— Je ne crois pas qu'il soit si tard.

— Va voir... apporte-moi une bière.

— Il y a encore un peu de soleil.

— Encore !

Elle a refermé les persiennes, tiré les rideaux de coton. Il est toujours assis sur le lit. Il paraît énorme et vague dans l'obscurité, elle se sent toute petite. Il pourrait la soulever aussi facilement que Sindbad soulevait la minuscule princesse dans le creux de sa main. Chaque jour, elle dormirait dans un coffret bleu, chaque nuit dans un lit d'homme, elle serait bien.

— Il ne me reste plus que dix jours de vacances.

— Que veux-tu que j'y fasse. Tu sais ce que ça veut dire « être forclos de la béatitude » ?

— Non.

Il ne sait pas non plus. Il a toujours des citations bizarres. Dehors l'obscurité est enfin tombée, mais il ne veut pas qu'elle allume. Elle circule dans la chambre en rangeant les affaires qu'il laisse traîner, en se cognant dans les meubles. Le monde continue d'être actif, pendant qu'ils vivent cachés : ils entendent les bruits de l'hôtel, le passage des trains. Elle voudrait en profiter pour disparaître avec lui.

— Tu l'as tuée ?

— Qui ?

— La bestiole !

Il la regarde un peu de côté dans la pénombre et elle réprime un fou rire nerveux. Elle a l'impression qu'il lui fait de l'œil.

Ils ont à nouveau changé d'hôtel. Alex a touché ses deux mille dollars. Ils peuvent voir plus grand. Ils prennent une chambre sur le Rheinweg, avec ascenseur, télévision. Ils ont une salle de bains immense où elle a toujours envie de se cacher, parce qu'elle se sent pauvre et qu'elle ne sait pas quoi faire. (Mais il y a tout le reste, l'excitation d'être seule, la possibilité de se caresser, l'idée du suicide, le temps qui nous presse et qui n'a pas de soulagement.) Elle tourne les robinets. Elle va chercher les journaux pendant qu'il regarde la télévision. Elle lui ramène ses sandwiches aux légumes et ses bouteilles de Feldschlösschen.

— Tu ne veux pas qu'on aille faire du ski ?

— Si tu veux. Je me casserai une jambe et ce sera le bouquet.

Il est calé dans le fauteuil avec ses bières à portée de la main. Il regarde *Images du monde.* Elle retourne dans les toilettes. La lumière d'hiver est presque rose sur le carrelage. Il y a des choses comme ça qui lui donnent la conviction de la vie antérieure, un train arrêté en rase campagne, un tennis abandonné à sept heures le soir, une certaine couleur de mur dans les chambres d'hôtel. Elle crie : « Je prends une douche ! »

La nuit, ils retournent à la cathédrale. Ils traversent des ponts, des places désertes. Ils enjambent des rouleaux de lumière. Ils arrivent sur le parvis de l'église. Alex trouve que la Vierge Folle n'a pas l'air maligne et qu'en plus de cela elle paraît enceinte. Elle s'est assise sur une pierre. Les nuages se déplacent vite, avec de grandes déchirures. Elle aime bien les nuages, ils lui donnent le pressentiment de l'avenir.

— Tu sais que je me suis promenée une soirée entière avec Koelhi.

— C'est un amateur de jeunes filles et un vampire. Tu ne t'en es pas rendu compte ?

Ils redescendent par la Rittergasse, où les services de la voirie jettent du sel sur les trottoirs. Ensuite il n'y a plus de lumière. Ils marchent sur la terre silencieuse en parlant des vampires et des striges, qui ont la même soif d'amour, la même peur du jour qu'elle et lui ; si bien qu'en revenant vers l'hôtel il leur pousse de grandes membranes de fatigue.

Certains matins la vie paraît extraordinairement simple. Alex est assis sur le tabouret de la salle de bains, tête baissée, jambes nues, et autour de lui il y a toute cette réverbération sur le carrelage, avec le treillis d'ombre des persiennes. Elle lui enlève ses pansements. Le nez et les lèvres ont retrouvé leur forme normale, on distingue à peine la cicatrice des arcades. Il ne reste plus que son œil d'inquiétant. Il doit continuer à le protéger à l'aide d'un bandeau passé en travers du visage. Elle a réussi à le convaincre de sortir. Il a même accepté le principe d'une journée à la neige. Ce matin-là, ils se contentent d'aller jusqu'au zoo, sur le Steinenring. Et pour la première fois ils se promènent dans les rues du centre comme un couple ordinaire. Ils font les vitrines, achètent des anoraks de montagne. Le reste ils le loueront sur place. Ils calculent ce qu'ils ont dépensé, ce qu'ils dépenseront au ski. En fait, ils adorent faire des calculs, des prévisions, des conversions en dollar et en franc suisse, comme s'il s'agissait de se donner le frisson. Car il y a toujours la part incalculable de l'avenir. Le zoo est pratiquement désert à cette heure de la matinée. Ils vont voir les ours, les antilopes et les lions de mer, achètent des cartes postales à la cafétéria. Un gardien enrhumé leur dit que le fond du parc n'est pas visitable en ce moment. Alors ils reviennent par Elisabethenstrasse, retrouvent la foule avec ce contentement d'être à deux qui les rend invisibles. Ils déjeunent dans un bar du centre, en buvant de la bière et en regardant passer les voitures.

— Tu ne voudrais pas aller sur le Rhin ?

— Je n'ai jamais connu une fille aussi agitée. Le zoo ne t'a pas suffi ?

Depuis son arrivée à Bâle, elle rêve d'une promenade en bateau. Elle sait pourtant bien qu'Alex ne veut pas en entendre parler ; mais à défaut d'une excursion sur le Rhin, ils pourraient au moins faire la traversée en barque d'une rive à l'autre. Il y a la navette de Blumenrein, que les gens empruntent pour ne pas aller jusqu'au pont. Finalement, Alex ne dit pas non, à condition que ça ne dure pas longtemps.

Ils montent à l'avant, à côté d'un photographe et d'une vieille dame qui les dévore du regard. C'est un jour de soleil et de grand vent, avec des remous. Ils s'assoient l'un en face de l'autre au fond de la barque. Alex porte son manteau noir et sa casquette à visière qui lui fait de l'ombre sur le nez. Il est terriblement beau. Elle trouve d'ailleurs qu'il est beaucoup plus beau en hiver, comme les renards.

— Pourquoi tu me regardes comme ça ?

— Pour rien. Je pensais à quelque chose.

Ils sont déjà arrivés de l'autre côté, la vieille dame est descendue derrière le photographe. Eux reviennent en sens inverse. Et quand ils arrivent à nouveau au milieu du fleuve, ils ont l'impression d'être au large. On entend le bruit du courant avec le grincement du câble. Elle dit : « Je voudrais qu'on fasse encore un tour. »

— Ce n'est pas un manège. Tu ne crois pas qu'on serait mieux à l'hôtel ?

— Pourquoi à l'hôtel ?

— Ne fais pas l'innocente. Tu en as autant envie que moi.

— De quoi tu parles ?

— Du principal, évidemment.

— Alex, laisse-moi faire encore un tour.

Le lendemain, ils vont au pied du Weissenstein, dans le Jura suisse. Ils sont tout de suite étonnés par le silence qui règne autour de la station. Les gens ont des voix claires et calmes, au point que la langue allemande se transforme en idiome angélique. Ils louent des skis de fond. Alex porte un bonnet enfoncé jusqu'aux oreilles et des lunettes noires par-dessus son pansement. Les gens se retournent pour les regarder, mais eux n'y font pas attention. Ils ont en glissant cette allure tranquille et floue des gens séparés du monde. Ils avancent l'un derrière l'autre, lui légèrement en retrait à cause de ses yeux. Ils passent au bas d'un village dont ils aperçoivent les petites maisons étincelantes, avec leurs balcons, leurs rideaux. Une fillette américaine est en train de parler à son frère, appuyée à la porte du garage, et elle s'arrête en les voyant. Ils lui demandent s'il y a une auberge ouverte qui ne soit pas trop loin. Elle leur fait signe qu'elle ne sait pas. Ils chargent leurs skis sur l'épaule afin d'entrer dans le village. À « L'hôtel des cimes », ils boivent du guignolet, mangent des pâtisseries. Alex s'inquiète de l'heure comme à son habitude. Elle n'y pensait même plus. À l'extrémité du village commence une autre vallée. Ils voient les nuages courir sur l'étendue, tandis qu'un vent glacé les oblige à se mettre en mouvement. Et il y a toujours ce silence de plus en plus dense en descendant, avec le bruit de leurs respirations. Elle regarde leurs deux ombres côte à côte sur la neige. Elle a l'impression qu'ils font du ski quelques heures avant de mourir. Elle a relevé ses lunettes.

— Tu n'aurais pas envie de disparaître ?

demande-t-elle brusquement. On pourrait continuer à avancer et personne ne nous retrouverait plus jamais. Tu sais à quoi j'ai pensé, hier soir ?

Mais au moment de le lui dire, elle s'étale dans la neige. Alex l'a poussée de toutes ses forces. Quand elle se relève, il est déjà loin en avant. Elle ne le voit plus. Alors elle se met à faire de grandes enjambées, en ayant terriblement peur de se tromper de piste.

Le soir, ils retrouvent les bruits de la ville, l'animation des cafés. Ils se promènent dans les rues de Soleure, avant de reprendre le train pour Bâle. Alex se plaint de souffrir d'élancements. Ils changent de wagon, trouvent un compartiment sans lumière, où deux petits garçons sont déjà endormis l'un contre l'autre. Leur mère est assise en face d'eux. Par moments, à cause du mouvement du train, les deux têtes s'entrechoquent et les enfants se réveillent ensemble. Muriel est sur la même banquette, près de la vitre. Alex fait les cent pas dans le couloir, une main pressée sur son œil, sans vouloir qu'elle s'occupe de lui. Elle le laisse tranquille. Elle regarde le reflet des gens, leurs sourires béats derrière les vitres. Car chaque voyageur, même le plus sinistre, possède de l'autre côté de la glace un double immatériel et heureux.

— Tu ne veux pas te reposer ?

— Si je continue d'avoir aussi mal, je vais me faire examiner par un spécialiste.

— Tu ne crois pas que ce serait mieux d'attendre d'être à Paris ?

Elle sent un poids très lourd, parce que l'enfant a basculé sur ses genoux. Elle essaie de le redresser légèrement en calant sa joue contre son épaule, mais il glisse à nouveau et elle recommence à le soulever en le prenant sous les aisselles. Son frère les regarde faire. Il a enlevé sa chaussure, à la recherche d'un gravillon, et on lui voit des chaussettes de fil blanc, jaunies sous la plante.

— Je ne peux pas attendre. De toute façon, je n'ai plus envie de rentrer à Paris.

Elle s'est poussée un peu pour lui faire une place à côté d'elle. Et elle l'embrasse dans le cou, en tenant sa tête contre sa poitrine. Elle a le pressentiment qu'un grand malheur va commencer. Les montagnes de neige sont devenues des pupilles brillantes entre les arbres. Elle le serre très fort.

Ils ont à nouveau changé d'hôtel. Ils habitent Voltastrasse, à côté du port. Ils ont une petite chambre avec des fleurs et un crucifix au-dessus du lit. La salle de bains est sur le palier, ainsi que les toilettes, mais Alex s'en moque du moment qu'il a la télévision. Il est assis sur le lit et elle l'aide à changer son pansement. Elle lui a posé une compresse sur l'œil.

— J'aurais dû me faire hospitaliser tout de suite.

— Tu ne savais pas ce que tu avais.

— Je ne veux pas rentrer à Paris. J'irai plutôt me faire soigner à Milan. Je connais des médecins en Italie.

Et il se met à parler italien. Elle traîne dans la chambre en se demandant s'ils retrouveront jamais une vie normale. Elle est fatiguée de le voir prostré sur le lit. On dirait qu'il n'a plus d'âme, plus rien. Il fait des comptes toute la journée.

— Mon seul tort, c'est d'être né dans un milieu de prolétaires. Si j'étais riche, ce serait différent, même avec une rétine décollée.

— Tu me l'as déjà dit.

Il a allumé le poste noir et blanc que la patronne de l'hôtel leur a loué, s'est mis à éructer. Il a sa rangée de bouteilles de bière disposée au pied du lit. Quand elle le voit dans cet état, elle a envie de lui crier dans l'oreille ou de le pincer, comme on pince les nouveau-nés pour qu'ils vivent. Il ne croit plus en lui. Elle s'est assise à ses côtés sans savoir quoi faire. Ils regardent *Images du Monde*. Les voix du poste font un bourdonnement dans la pénombre. Quelque chose d'important a dû cesser de leur parvenir, ou leur parvient trop tard pour qu'ils puissent comprendre.

— Je serais à ta place, je prendrais un autre homme.

— Laisse-moi un peu.

— Avoue que ça te tente d'en prendre un autre, qui ne soit pas borgne.

« Avoue ! » répète-t-il. Elle ne l'avait jamais vu pleurer. Il a juste une grosse larme au bord de l'œil. Elle s'est allongée sur lui, et elle le tient par les reins pendant que son corps tremble comme une machine lancée dans le vide.

— Alex, reste avec moi, reste avec moi.

Ils dînent dans un restaurant du centre, boivent beaucoup de vin. Alex fait des conversions en dollars. De temps en temps, elle essaie de sourire en le regardant, mais n'y arrive plus.

— Si on ne fait pas de folies, on a de quoi vivre deux mois à Milan.

— Tu sais bien que je ne peux pas y aller. Il me reste quatre jours de vacances.

— Demande un congé de maternité.

Elle a renversé son verre sur la nappe. Elle l'a fait exprès. Finalement, la seule chose qu'ils ont en commun c'est de toujours vouloir se faire mal. Elle ne s'explique pas pourquoi. Derrière eux, elle remarque le jeune couple de Français qui s'est installé près du bar : ils ont commandé un plateau de fruits de mer et mangent joue contre joue en se parlant à voix basse. Elle se sent vieille. Ils sortent dans la rue où il s'est remis à neiger, elle lui noue son écharpe. Il faut suivre la St-Johannstrasse jusqu'à la petite église, puis tourner à gauche. Ils montent les escaliers de l'hôtel en secouant leurs manteaux. Maintenant, elle voudrait qu'ils s'arrêtent d'être malheureux et que tout recommence comme au début. Mais il ne veut plus qu'elle le touche. Il fait les cent pas dans la chambre en pressant son œil, va dans le couloir, la salle de bains. Il ouvre toutes les portes. Elle s'est allongée en éteignant la lumière. Elle entend des gens qui rentrent et s'ébrouent dans leur chambre. Il doit encore neiger. Alex s'est endormi tout habillé à côté d'elle, et elle a la sensation frileuse, désespérante, *d'être dehors*.

À son réveil, elle ne le voit plus. Il est déjà parti à la gare chercher les billets pour Milan. Elle sait que c'est maintenant qu'il faut qu'elle agisse. Elle doit profiter de son absence, sinon il va revenir dans la chambre et faire une scène. Elle commence à ouvrir les penderies, à sortir toutes ses affaires en tâchant de faire le moins de bruit possible pour ne pas alerter tout l'hôtel. Elle cherche son passeport. Elle a dû le laisser dans la petite armoire. Elle s'arrête un instant parce qu'elle a entendu un bruit de pas dans le couloir, recommence à chercher. Elle retrouve son bonnet de ski sous une couverture. Le mieux serait qu'elle aille dans un autre hôtel et qu'elle ne prenne le train pour Paris que dans un jour ou deux, car il risque d'attendre à la gare. Il finira par monter dans son train et le sort en sera jeté. Elle va dans la salle de bains, regarde son visage qu'éclaire une ampoule nue. Elle a un sourire bizarre. Elle reste un moment sous la douche, sans faire couler l'eau. Elle se demande si elle pourra tout supporter. Au bureau de la réception, elle laisse un message pour Alex, deux mots, et rend la clef. Sur le coup, elle n'éprouve qu'une légère sensation de surdité. Elle marche en se tenant le tympan. Elle attrape un taxi en face de la petite église et demande qu'il la conduise dans la Speerstrasse. Ils traversent un pont qu'elle ne connaît pas, la neige recouvre les quais. « Vous êtes arrivée », dit l'autre en la regardant. Il a l'air tellement méchant qu'elle s'empresse de payer, de peur qu'il ne démarre tout de suite.

Elle a ouvert les fenêtres, elle entend sonner midi à tous les clochers de Bâle. C'est une journée blanche, avec des bruits amortis par la neige. Elle a posé ses valises, exploré la chambre, elle ne sait plus quoi faire. Elle est effrayée qu'il lui reste autant de temps à passer, toute la journée, puis toute la vie. Elle s'est allongée sur le dos, écoutant le grincement d'un tramway, des voix d'écoliers marchant sur le trottoir. Leurs voix se réverbèrent une seconde sur les murs comme si on avait augmenté le son. Ensuite elle n'entend plus rien. Elle a gardé son anorak et ses chaussures aux pieds, parce qu'elle est transie. Elle se relève pour fermer la fenêtre, boit un peu d'eau tiède au robinet de la salle de bains. Elle regarde les fleurs artificielles posées sur la commode : des dahlias rouges. Mais il n'y a plus d'image, plus de formule qui puisse la soulager de son angoisse. Elle est revenue sur le lit. Elle a trouvé un magazine de mode au fond de son sac. Elle feuillette les pages en regardant les photos. Elle imagine qu'il est retourné à l'hôtel, qu'on lui a remis le petit mot. Il a payé pour les trois nuits, avant de se rendre à nouveau à la gare. Sur le quai, il a commencé à comprendre ce qui leur arrivait. Ils auraient pu essayer de se parler, de s'écouter, de réparer le mal qu'ils s'étaient fait, mais il était sans doute trop tard. Elle se dit qu'il est toujours trop tard par notre faute. Elle se dit qu'à tout ce que nous aurons manqué de devenir, le monde répondra par un grand silence, qui nous fera saigner les oreilles.

IV

Édith est assise en face d'elle, sur la chaise de bureau. Autour d'elles, dans la grande salle, les secrétaires continuent à taper devant leurs écrans silencieux. Les choses sont exactement les mêmes qu'avant son départ. Édith est en train de parler et Muriel se souvient d'un rêve qu'elle a fait en Suisse, où Édith avait la même voix qu'en ce moment, le même ton résigné, incurablement triste ; comme si le rêve reprenait après des semaines d'interruption et qu'il leur fallait recommencer toutes les deux, Édith de l'aimer et de se plaindre et elle d'être incapable de l'aimer. Ce sont ces équations simples qui nous paralysent toute la vie.

— Est-ce que tu m'écoutes ?

Édith a dû demander quelque chose qu'elle n'a pas entendu. Elle fait signe que oui. Édith transporte toujours avec elle ses vieilles questions redoutables, auxquelles il faut faire attention. Elle demande par exemple : « Tu crois vraiment qu'on peut vivre seule ? » ou « Tu n'as jamais peur de vieillir ? » et Muriel répond non, en souriant d'une certaine façon, pour lui faire entendre que ce n'est pas vrai et qu'elle dit ça pour crâner. En même temps, elle sent très bien que c'est avec de telles questions que les autres finissent par vous abîmer. Alors, par moments, elle ne répond même plus. Elle se contente de hocher la tête en espérant que son silence la découragera, mais Édith reste là à se tortiller sur son siège, elle attend la suite.

À midi, quand elles sont toutes ensemble, les filles parlent de leur vie, de leur mari ; Muriel parle de Zurich, du prix des hôtels, des films en allemand qu'elle a vus à la télévision. On dirait qu'en s'éloignant de lui, elle s'est éloignée d'elle. Elle s'y habitue presque. Après déjeuner, il leur reste généralement une demi-heure pour prendre un café dehors. Elles vont dans les brasseries qui se trouvent autour du métro, et comme le vingtième est le quartier le plus élevé de Paris, il leur faut monter, descendre. Elle retrouve quelque chose de la Suisse, une géologie des villes, une attention au relief qui la trouble. Il lui arrive même d'apercevoir de jeunes Américains sillonnant Paris avec leur sac à dos et leurs chaussures de marche, et d'avoir envie de les aborder. Elles commandent des cafés en reprenant tout de suite leurs conversations au sujet des hommes. Elle essaie de se faire oublier. Les autres voudraient que toutes les histoires d'amour se ressemblent et qu'on puisse dire à la fin : « Eh oui, c'est la vie », en riant comme après un danger. En fait, elles voudraient qu'il n'y ait pas d'amour, juste une histoire qu'on se raconte entre filles et qui ne fasse de mal à personne, puisque c'est toujours pareil. Le reste, elles en parlent à mots couverts. Muriel fait celle qui ne comprend pas. Et c'est vrai que parfois elle ne comprend rien à ce qu'elles racontent, la douleur nous faisant une virginité. Alors les autres insistent. Quand elle est en leur compagnie, elle a l'impression d'être presque une enfant en compagnie d'adultes. Elle est toujours la première à dire qu'il faut s'en aller.

Elle s'enferme dans le bureau, allume son écran. Elle essaie de ne plus penser à ces histoires de filles, aux coucheries d'Isabelle, à la frigidité de Marie-Odile, mais c'est une influence dont elle est longue à se défaire, car elles la torpillent avec leurs saletés. Elle se promet de ne plus sortir avec elles. Quelquefois, l'après-midi, il suffit d'un geste, une certaine façon de se baisser ou de décroiser les jambes, pour que lui revienne — mais beaucoup plus intensément que dans n'importe quel souvenir — la présence d'un homme collé contre elle, ventre contre ventre, et c'est à la fois violent et triste comme un faux mouvement de l'âme. Alors elle se lève, prend un dossier en annonçant qu'elle doit aller faire un tour.

Le seul auquel elle ait été tentée de se confier, depuis son retour, est l'employé le plus discret : un Vietnamien d'une quarantaine d'années, que tout le monde appelle Monsieur Tran. Elle l'accompagne souvent à la cafétéria. Ils ont le temps de bavarder. Sinon, leurs rapports se limitent à des sourires échangés entre deux portes. L'année dernière, à cause de l'indiscrétion d'une standardiste, on a su qu'il était lié avec un jeune homme du nom de Philippe, et tout le bureau en a fait des gorges chaudes. Maintenant les choses sont un peu oubliées, mais lui ne dit plus rien parce qu'on lui a volé son secret. Quand ils sont ensemble, c'est généralement elle qui parle, ou bien elle l'écoute lui parler des oiseaux. Il a un cousin dans la région de Niort qui élève des aigrettes et des grues couronnées, et Tran sait absolument tout de la reproduction ou de la migration de ces espèces. C'est même son sujet de conversation favori, le seul en tout cas qui le rende un peu bavard. De temps en temps, elle imagine qu'il doit exister un agencement mystérieux entre sa passion des oiseaux et son goût pour les garçons. Mais elle n'a jamais osé le lui demander. Ils boivent leur café, assis sur le rebord de la fenêtre.

— Vous êtes retournée vivre chez votre mère ?

— Je n'arrivais plus à dormir à Vincennes, je me suis dit qu'il fallait que je change de chambre. Mais ce n'est pas évident.

Elle répète « ce n'est pas évident », et il sourit en battant des paupières.

Quand elle rentre à Bondy, elle pose ses affaires, change de vêtements et suit sa mère qui l'attend pour faire les courses. Elles vont dans la rue principale, tournent au coin de la rue Roger-Salengro. Depuis que Muriel est revenue à la maison, sa mère voudrait que tout recommence comme avant, quand ses filles étaient fillettes et le monde en ordre. Alors elles reprennent exactement le même chemin, saluent les voisins sur leur pas de porte, passent chez le boucher qui leur a gardé un rôti, vont chercher le pain chez Leray. Rien n'a changé, sauf elles. Mais sa mère n'a pas la mémoire des changements. Muriel se souvient très bien de la révélation qu'elle a eue un jour, il y a des années — un jour très précis —, d'avoir trop grandi et de ne plus pouvoir monter sur son vélo d'enfant, de ne plus pouvoir se baigner toute nue, de ne plus pouvoir rien faire. Tout avait changé. Maintenant, évidemment, elle est devenue encore plus vieille, elle a vécu avec un homme. Elle sait donc parfaitement que les choses ne peuvent pas recommencer. Mais sa mère n'en démord pas : elle devrait s'installer une bonne fois pour toutes à la maison, sortir le samedi soir avec des amis de son âge et surtout oublier ce garçon qui n'a été capable que de la rendre malheureuse.

— Je ne peux pas rester à la maison, ce n'est plus ma place. La semaine prochaine, je retournerai à l'appartement.

— Tu vas encore l'attendre !

Sa mère lui donnerait des coups si elle pouvait. Dans son emportement, elle ne se rend même pas compte qu'elles marchent à deux mètres l'une de l'autre, tant elle a honte de sa fille. Elles rentrent ainsi, l'une se retire dans sa cuisine, l'autre allume la télévision et reprend le tricot qu'elle a entamé depuis qu'elle est à la maison. Elle regarde n'importe quoi dans ces moments-là, les jeux, les variétés, les émissions de sport. C'est presque un exercice d'ascèse. Il s'agit simplement de se laisser couler. Et plus c'est absurde, plus elle a le sentiment d'évoluer dans les grandes profondeurs.

— Tu vois, Muriel, reprend sa mère, qu'une autre idée a fait surgir de sa cuisine, ce que je ne comprends pas c'est que tu subisses autant l'influence de ce garçon. Tu sais pourtant parfaitement qu'il n'arrivera à rien et que si par malheur il revenait tu serais obligée de l'entretenir. Explique-moi quel avenir tu peux espérer avec lui. Tu m'entends ?

Mais elle n'entend plus rien. Elle a juste le bruit de la pression dans les oreilles. Alors sa mère se met à crier, à claquer les portes. Et Muriel tricote, tricote au point que sa raison ne tient plus qu'à un fil.

Dans l'appartement, il n'y a personne évidemment : elle traverse les pièces désertes, sur la pointe des pieds, le couloir, la salle à manger. Tout lui paraît plus grand à présent. Elle accroche son manteau dans l'armoire de la chambre, ouvre les volets. Il est à peine quatre heures de l'après-midi. Elle reste sur le lit à regarder la photo de son père, les portraits de boxeurs. Maintenant, elle se souvient que celui qui porte un short trop long s'appelle Archie Moore. Dans l'immeuble d'en face, les fenêtres de Monsieur Benetti sont fermées. Elle entend le bourdonnement d'un hélicoptère. C'est étonnant comme les bruits de l'extérieur s'infiltrent en nous, en creusant de grandes failles de silence. Elle écoute aussi les sonneries des téléphones, les moteurs de voitures. Elle s'est relevée pour aller prendre un bain. Elle se sèche les cheveux à la fenêtre, en écoutant la radio comme elle le faisait avant. Certains actes, à force d'être répétitifs, ressemblent à la répétition elle-même. Elle entend du bruit à la porte. Elle se dépêche d'aller ouvrir et se trouve nez à nez avec un représentant qui veut lui vendre une assurance-vie. Il est jeune, volubile et lui pose des questions terriblement compliquées, alors qu'elle aurait juste envie qu'il fasse la sieste avec elle. Il lui dit : « Tant pis. » Elle referme la porte. Elle se demande comment elle va organiser sa nouvelle vie et quelle place tiendront toutes ces rencontres. Elle ouvre à nouveau la porte. Par moments, elle a l'impression de chercher un accès à la vie. Elle lit dans le journal qu'un espion russe, mis en sommeil pendant plusieurs années, du côté de Liverpool, a été réveillé il y a deux mois sur ordre du KGB. Scotland Yard l'a arrêté devant la gare Victoria. Elle est convaincue elle aussi d'avoir été mise en sommeil et d'attendre un signe.

Un soir (c'est presque à la fin de l'hiver), elle aperçoit une petite tache de lumière, qui se déplace de bas en haut du mur de la salle de bains, jusqu'à l'intersection du plafond. Il n'y a aucune source d'éclairage dans l'appartement. Elle vérifie qu'il ne s'agit pas du reflet d'une fenêtre, ferme les volets pour plus de précaution. Elle continue à suivre la tache blanche qui file au plafond en zigzaguant et en changeant de direction de manière imprévisible. Elle la retrouve plus tard sur le mur de la salle à manger, au-dessus de la plante verte. Elle la regarde longtemps. Ensuite, elle allume l'éclairage du salon, éteint à nouveau, la tache n'y est plus. Elle la cherche dans le couloir, sur les murs de la salle de bains. Elle a disparu. Elle ne voit plus qu'une enfilade de pièces dans l'obscurité : *sa solitude lui fait peur.* Elle sort dans la rue à la recherche d'un café encore ouvert, commande un verre de lait chaud. Le patron lui explique qu'on ne sert plus rien de chaud à cette heure. Il dit : « Je suis désolé. » Elle fait signe que ça n'a pas d'importance. Elle prend un verre d'eau minérale et va s'asseoir devant la télévision. Son voisin lit la *Critique de la raison dialectique*, en cochant les pages à l'aide d'un feutre rouge. Il a cet air fiévreux qu'elle a souvent vu aux Arabes, sans savoir si c'est à cause de la fatigue ou de la maladie. Elle regarde un film en couleurs. Le Chevalier d'Urn est étendu sur un toit d'immeuble, le dos brisé par sa chute. On voit le sang noir qui coule par l'ouverture de son masque, pendant que la neige recouvre peu à peu son corps. Elle dit : « Vous avez vu ? » Mais son voisin devait être en train de lire, car il ne paraît pas autrement ému. Il la regarde bizarrement.

— Qu'est-ce que vous avez vu ?

— Le Chevalier d'Urn.

— J'ai horreur des séries américaines. Je me

demande comment vous pouvez regarder ça, c'est nul et c'est complètement raciste.

Elle trouve qu'il ressemble à l'inspecteur Columbo, mais se garde bien de le lui dire. Il s'est remis à cocher son livre en se tournant de côté. Elle pense encore à cette tache. Maintenant, elle est persuadée que c'était un signe et qu'elle ne l'a même pas compris. Elle laisse tout son argent sur la table.

Elle est assise sur le bord de la banquette, le téléphone posé sur les genoux, et feuillette son catalogue de vente par correspondance. Elle tient l'écouteur calé contre son oreille. Elle appelle depuis le début de la soirée, sans que personne ne réponde. Elle avait pourtant prévenu Édith qu'elle lui téléphonerait vers huit heures. Elle compose une nouvelle fois le numéro. Elle continue à tourner les pages du catalogue en comptant les impulsions. Si Édith ne répond pas, elle a toujours le recours d'aller chez son frère.

À un moment donné, elle prend conscience d'une voix très lointaine, au fond de la ligne. Il s'agit d'un homme jeune, apparemment, qui profite de chaque intervalle de silence pour réciter son numéro, sans doute dans l'espoir que quelqu'un l'appellera. Il lui fait penser à un oiseau-chanteur. Elle l'écoute quelques secondes, avant de raccrocher. Elle se souvient que le frère d'Édith habite du côté de la place de la République, au-dessus d'une laverie. Elle quitte l'appartement en éteignant les lumières.

Éric est un peu étonné de la voir arriver. Il était en train de réparer sa moto dans la cour. Il lui dit que sa fiancée est au premier et qu'elle n'a qu'à monter, le temps qu'il se lave les mains. Il est plus grand qu'elle ne s'en souvenait, avec des cheveux coupés court et une boucle d'oreille qui le durcit un peu. Sa fiancée est plutôt mal à l'aise et regarde la télévision en serrant les genoux. Ils n'ont pas la moindre idée de l'endroit où se trouve Édith, ils la voient rarement. Muriel leur explique qu'elles ont rendez-vous pour aller à une soirée et qu'elle ne connaît ni l'adresse ni le nom de la personne qui les invite. D'après eux, elle ferait mieux d'appeler encore une fois, le téléphone est dans la chambre.

Elle entend à nouveau l'homme-oiseau. Il y aussi des voix de filles qui interviennent sur la ligne pour demander qu'on les appelle, mais il n'a pas l'air de s'en soucier. Il continue mécaniquement à répéter son numéro, en marquant à chaque fois un petit temps de silence, comme s'il happait des insectes. Elle imagine, sans savoir pourquoi, qu'il doit être méchant. Elle a reposé l'appareil. Apparemment, Édith a disparu de chez elle. Éric lui propose de l'emmener à moto jusqu'à la brasserie de Pantin, où sa sœur a l'habitude de donner ses rendez-vous, il y en a pour un quart d'heure. Elle monte derrière lui. Et elle a beau se serrer contre son dos, en baissant la tête, le vent la transit complètement. Elle n'ose pas lui dire d'aller moins vite. Elle se souvient du motard qu'elle avait aperçu une nuit, à Sèvres-Babylone, avec cette brassée de jonquilles contre lui : elle s'était dit que le bonheur est bref. Peut-être parce qu'il roulait vite. Quand ils arrivent à la brasserie, ils trouvent Édith assise entre deux garçons, son chevalier servant et un autre de ses amis. Édith n'a pas l'air surprise de les voir.

— On est passé te chercher à Vincennes. Tu sais ce que nous a dit ton voisin ?

— Quel voisin ?

Un gros, qui doit passer sa vie à la fenêtre. Il a eu l'aplomb de leur dire qu'il avait autre chose à faire qu'à surveiller les allées et venues des filles de l'immeuble. Édith raconte ça en imitant le voisin et en riant aux éclats. Son ami est plutôt du genre silencieux. C'est un nageur du C.M.S. Pantin, qui a l'air de tout juste sortir de l'eau, il a encore les cheveux mouillés et les yeux roses de chlore. La soirée a lieu à Brunoy, chez une fille très riche qu'Édith a connue en faisant de la voile, cet été. Éric dit qu'il les suivra à moto, en leur montrant sa machine sur le trottoir. Muriel a l'impression qu'il a oublié sa fiancée.

Elle est assise dans le fond de la voiture, à côté de Lucien, l'autre ami, qui travaille dans les postes et est natif de Sevrac, dans les Cévennes. Il lui demande si elle connaît. Elle dit que non. Mais, au lieu de se décourager, il entame un cours sur les Cévennes du Sud et les Cévennes du Nord. Elle commence à le trouver bavard. Pourtant, elle l'aime bien quand même. À la sortie de l'autoroute, ils se trompent de direction et sont obligés de faire demi-tour. Le nageur prétend que ce n'est pas avant, mais après Brunoy qu'il fallait tourner, ce qui suffit à déclencher le fou rire d'Édith. Au bout du compte, quand ils arrivent, il est plus d'une heure. Il s'est mis à neiger.

Muriel suit les autres, traverse des pièces en enfilade, dans lesquelles les gens dansent ou regardent des cassettes. Elle a le réconfort de se sentir invisible. Édith veut à tout prix lui faire connaître Valérie Pinelle, la fille qui les a invités : elle est assise au bar, toute menue (elle a un cou incroyablement délicat), en compagnie d'un gros homme à lunettes d'écaille auquel elle parle de ses études d'anglais. Quand elle prononce *Wordsworth,* on voit le bout de ses dents. Muriel a peur de la déranger. Elle profite de la cohue autour du buffet pour filer plus loin.

En fait, elle commence déjà à s'ennuyer. Elle n'aime pas les fins de soirée. Elle passe d'une pièce à l'autre en prenant un air affairé, en ne voulant surtout pas qu'on soupçonne à quel point elle est perdue. Il y a partout des gens prostrés dans des fauteuils et d'autres, devant les fenêtres, qui prennent des attitudes d'acteurs fatigués. Dans la cuisine, elle retrouve Lucien, qui est en train de découper des tranches de rosbif. Il lui dit que le père de Valérie a proposé de leur prêter sa villa pour un week-end, elle peut venir avec eux, si elle veut. Et il le lui répète trois fois, comme si son avenir en dépendait. Elle ne dit pas non. Ensuite, elle s'endort sur une chaise. Quand elle se réveille, le matin, elle décide de prendre ses affaires et de s'en aller. Elle se fait déposer à la gare par deux garçons. Celui qui conduit la voiture se présente tout de suite comme étant avocat-conseil chez Saint-Gobain, alors qu'elle ne lui a rien demandé.

— Je vais vous donner mon numéro de téléphone, ce sera plus facile.

— Qu'est-ce qui sera plus facile ?

— Prenez le numéro. Mais, je vous préviens, il vaut mieux appeler en début de soirée.

Il ressemble à l'homme-oiseau, en moins patient. À la gare, elle demande à quelle heure est le prochain train pour Paris et commence à faire les cent pas sur le quai. La neige a déjà fondu.

Le lendemain en mettant la clef dans la serrure, elle se rend compte que le verrou n'est pas tiré. Elle ouvre la porte. Et d'un seul coup, à la vitesse d'une vague d'émotion, elle traverse le couloir, pousse la porte de la chambre : Alex est assis sur le lit, au milieu de ses valises. Il n'a plus de lunettes, plus de pansement, plus rien.

— Je voulais te faire une surprise.

— Tu es revenu !

— Tu vois.

Elle s'est jetée sur lui. Il est tellement engoncé dans son anorak de montagne qu'elle arrive à peine à l'attraper. Elle l'embrasse sur le nez. Maintenant elle comprend qu'il n'y a jamais eu de rupture. Elle l'a quitté comme on entreprend un voyage pour l'accomplissement d'un vœu. Et il est revenu guéri.

— Tu n'as plus rien ?

— Je te vois d'un autre œil.

— Arrête. Pas tout de suite. Pourquoi tu ne m'as pas écrit ? Tu m'en voulais ?

— De quoi ?

— Tu le sais bien.

Il a déjà défait ses valises. Elle remarque à l'intérieur de l'une d'elles une petite statuette dorée qui brille autant qu'une barre de radium dans la pénombre.

— Qu'est-ce que c'est ?

— Je l'ai achetée à Milan, c'est Miroku Bosatsu, le Bouddha de l'avenir.

— Tu t'intéresses toujours à ça ?

— Je m'intéresse à l'avenir. J'ai des tas de projets.

Elle ne lui demande pas lesquels. Elle ne lui demande même pas ce qu'il a fait pendant ces semaines, pas plus qu'il ne lui demande le détail de ses occupations en l'attendant. Il ne vaut mieux pas revenir en arrière. Il lui a pris les jambes, elle s'est dégagée pour aller fermer la porte d'entrée.

— Mon frère connaît quelqu'un qui organise des combats à Naples. Je crois qu'il me donnera une chance, dans quelques mois.

— Quel frère ?

— Aldo, celui qui est peintre.

Il s'est renversé pour la regarder, et elle caresse ses muscles en essayant d'imaginer son frère. Elle ne dit plus rien. Sans doute parce qu'à force de penser à lui et de se parler à elle-même, elle a surtout besoin de se taire, maintenant qu'il est là. Elle a tellement cru qu'ils ne se parleraient plus jamais. Elle ne comprend pas d'ailleurs qu'il ne soit pas plus troublé d'être avec elle. Il a une façon de répondre du tac au tac aux questions qu'elle lui pose qui la met mal à l'aise. Elle regarde son œil opéré, la marque de sa cicatrice. Elle a l'intuition que quelque chose a changé, mais elle ne sait pas quoi. Il sourit comme Miroku Bosatsu. Elle s'est relevée pour prendre son appareil et commence à le photographier. Il est assis sur le bord du lit, le dos appuyé au mur.

— Je crois qu'on sonne à la porte.

— Ne bouge pas !

Elle le photographie de face, de trois quarts, de profil. Elle photographie même ses jambes et ses pieds nus. Et pendant qu'elle le mitraille, elle éprouve une joie étrange, la même qu'on prend à tout effacer pour pouvoir recommencer. Il est allé ouvrir la porte.

Elle se demande qui peut surgir à cette heure, pense à une femme, et se trouve en face de deux inconnus qui lui apportent des fleurs : « Marco et Umberto », disent-ils, sans qu'elle parvienne à comprendre lequel est Marco, lequel Umberto.

Le plus grand porte des lunettes à verres épais, un nœud papillon, tandis que l'autre est simplement exagérément petit.

— Ils arrivent de Milan, explique Alex en les faisant entrer dans le salon.

Elle a disparu à l'intérieur de la cuisine pour arranger les fleurs. Quand elle revient avec son vase, elle les trouve encore debout, car il manque une chaise. « Installez-vous », leur dit-elle en allant s'asseoir sur les genoux d'Alex. Les autres la dévorent du regard.

— Qu'est-ce qu'ils disent ?

— Que tu es superbe. Ce sont mes nouveaux entraîneurs.

— Tu vas remettre ça ? Tu leur as parlé de ton œil ?

— Ils m'ont dit qu'avec mon style, je n'avais pas le droit de m'arrêter.

— Avec ton style…

Les Italiens hochent la tête de conserve pour signifier que c'est déterminant. Elle leur trouve quelque chose d'obséquieux, qui l'agace et lui donne envie de se buter.

— Mais c'est quoi le style ?

Elle lui fait honte. Il l'a descendue de ses genoux afin d'aller se servir une bière dans la cuisine. Les Italiens, pressentant une scène, ont commencé à se lever pour battre en retraite.

— Nous reviendrons bientôt. Madame, je vous salue.

— Marie.

— Comment ?

Il n'a pas compris. Le plus petit est déjà à la porte. Elle se demande comment elle va arriver à les supporter si jamais ils doivent être là tous les soirs.

Ils se sont réconciliés sur les draps usés, sans rien faire d'autre que rester nez contre nez, au centre de la nuit obscure. Ils sont sortis tard. Ils marchent sur les boulevards, où l'humidité qui tombe des arbres leur fait relever leurs cols.

— C'était ça les projets dont tu parlais ?

— Ça et autre chose.

— Tu as encore d'autres projets ?

Mais il ne veut rien dire. Elle a l'impression d'être à nouveau à Bâle avec lui et de marcher du même pas, de retrouver les mêmes gestes, les mêmes attitudes intérieures, comme s'il y avait en nous une continuité faite de toutes nos ruptures, une ligne musicale qui contienne jusqu'à nos silences. Tout redevient facile. Les gens dorment dans leurs immeubles ou regardent la télévision, sans se douter de ce qui leur arrive. Alex marche à côté d'elle, les mains dans les poches de son imperméable ; et elle se sent fine et maligne, cette nuit-là, parce qu'elle a eu raison d'y croire. Ils tournent vers la place de la Bastille, où recommencent les lumières et le bruit de la circulation. Ils suivent le courant. Ils vont où vont les autres, mais tout cela prudemment, prudemment, comme les langoustes se déplacent au fond de la mer.

— Pourquoi tu ne m'as jamais parlé de ton frère ?

— Je t'ai dit d'être patiente.

— Je voudrais savoir s'il te ressemble. Je n'arrive pas à imaginer quelqu'un qui te ressemble.

— Alors n'imagine pas.

Un matin, il surgit dans la chambre, alors qu'elle est encore au lit pour profiter de son samedi. Elle croyait qu'il voulait s'entraîner dans le bois de Vincennes, et il lui annonce tout à trac, en riant et en se balançant sur ses jambes, qu'ils se marient. Il ne lui a même pas demandé son avis. Il a filé dans la cuisine pour aller chercher le champagne et les verres. Il a déjà son plan, ils vont se marier civilement le 21 avril. Ils ont tout calculé avec Marco et Umberto, il ne devrait y avoir aucun problème. Elle est frappée d'une joie panique.

— Madame Koelhi me l'avait dit.

— Qu'est-ce qu'elle t'avait dit ?

— Elle m'a tiré les tarots. Mais pourquoi tu as décidé ça tout à coup ? C'était un de tes projets ?

— C'est un pari sur l'avenir, tu comprends ?

Elle fait oui, pour ne pas le décevoir. Elle s'est renversée sur la banquette. Il est allongé à côté d'elle, les mains croisées derrière la nuque. Elle trouve qu'il ressemble à un corps céleste détaché de l'avenir.

— Alex, on aura un enfant ?

— C'est possible.

Elle n'en demande pas plus. La seule possibilité d'un enfant la rend si impatiente, qu'elle se bouche les yeux pour ne pas y penser. Elle se demande si elle ne devrait pas téléphoner à sa mère.

Elle passe toute la semaine à se poser des questions, à s'inventer des frayeurs. Jusque-là, certainement par crainte de ce qui pourrait arriver, ou par manque d'assurance, elle évitait soigneusement de faire des plans, elle vivait au jour le jour, un peu comme ces peuples qui préfèrent construire des maisons légères par peur des séismes. Et maintenant, chaque nuit, pendant qu'Alex dort à côté d'elle, il lui faut non seulement penser à l'imminence de leur mariage, mais imaginer une vie entière avec lui. Toute la passion d'une vie en quelques images : ils ont un enfant, ils vivent à Paris, c'est lui le premier qui cesse de l'aimer, c'est elle qui vieillit. Elle aimerait aussi en savoir plus pour comprendre exactement pourquoi il veut l'épouser. À toutes les questions qu'elle lui pose, il répond en biaisant ou lui reproche de ne pas avoir confiance. Une fois, il lui a simplement dit que se marier lui porterait chance avant son combat. Il n'avait pas l'air de plaisanter. Alors qu'avant d'aller à Bâle, c'était l'inverse, il voulait gagner pour pouvoir se marier. Elle ne sait plus très bien où est la fin, où est le moyen. On dirait qu'il est sur une trajectoire inconnue, qu'elle ne pourra jamais empêcher : il y a une force terrible dans son mouvement. Elle va dans la chambre pour téléphoner à sa mère. Elle lui dit ce qu'ils ont décidé, quand et comment. Sa mère ne dit rien parce que la déception la rend muette. Alors elle repose doucement l'appareil, en ayant pitié d'elle.

À la banque, elle se fait encore plus discrète. Il se passe des jours avant qu'elle ne risque une allusion à son futur mari, encore est-ce avec tant de précautions que ses collègues ont peu de chances de comprendre ce dont il retourne. Elle aime bien l'espièglerie de la vie clandestine. Elle fait toujours celle qui écoute, qui continue à rendre des services, tout en s'arrangeant pour penser à autre chose. Elle se promène dans les couloirs, prend cinquante fois l'ascenseur. Le directeur lui dit : « Asseyez-vous, je vous en prie », elle s'assoit. Dans le couloir du septième, elle entend les conversations, les voix au téléphone qui parlent dans toutes les langues et, parfois, c'est comme une grande joie de la Pentecôte, pendant que la lumière transperce les nuages. Les premiers sortis se mettent à courir dans l'escalier pour aller prendre leur métro. La journée est terminée. À Édith non plus, elle n'a soufflé mot de son secret, ni même à Monsieur Tran. Sans doute par discrétion, par superstition.

— Lucien m'a dit que tu allais venir avec nous chez Valérie Pinelle.

— Chez qui ?

Elle avait complètement oublié cette histoire.

— Tu sais, je crois que j'ai changé d'avis.

— Lucien va être terriblement déçu.

Elle dit que ce n'est pas sa faute. Ce qui est presque vrai. Elle se sent soulagée d'être aussi ingrate. Elle sort par le hall, afin de remettre la clef au gardien. *Allô Delta ?... ici, Saturne*, prévient l'autre en les voyant approcher. Puis il dit simplement : « Bonne soirée », et elle baisse la tête en souriant, comme s'il la bénissait. Arrivée à la station de métro, elle se rend compte qu'elle a gardé la clef.

Elle porte un petit tailleur croisé, avec un tambourin sur les cheveux et une voilette en tulle blanc ; Alex n'a pas voulu qu'elle prenne de fleurs. Marco et Umberto, les témoins, ont choisi le même chapeau et le même costume à rayures grises. Au bas de l'escalier, ils se trouvent mêlés à d'autres noces qui ont rameuté jusqu'au dernier oncle, jusqu'à la plus improbable cousine de province, de sorte qu'ils se sentent bien pauvres tous les quatre, vivants symboles d'une génération perdue. Ils montent discrètement le grand escalier. Devant la salle d'honneur, un huissier asthmatique et réprobateur les invite à s'asseoir au premier rang. Les chaises sont aussi basses qu'à l'église, le parquet sent l'encaustique. L'autre huissier, qui semble avoir pris son parti de ce genre de noce sans lendemain, leur promet que ça ne durera pas longtemps. Le maire est déjà sur l'estrade.

« Je serai malheureuse comme Gervaise »,

décrète-t-elle en se voyant expédiée. Sans doute parce que l'Événement passe au-dessus d'eux, dans les rayons de soleil et les particules de poussière qui dansent au-dessus de leurs têtes. Le maire leur a souhaité d'être heureux, Alex s'est penché pour l'embrasser sur le coin des lèvres. Mais la vie est drôle, elle a l'impression de l'épouser le jour où elle ne l'aime plus. Ils attendent que Marco et Umberto en aient terminé avec la signature des registres. (Finalement, Marco c'est celui qui n'a ni grosses lunettes ni nœud papillon.) L'autre noce est déjà derrière la porte. Ils posent pour la photo en bas de l'escalier, se donnent le bras en souriant. Dehors, il n'y a personne pour faire la haie. Ils marchent un peu au hasard, en direction de la porte de Vincennes, où Alex connaît un restaurant chinois.

L'après-midi, ils prennent le métro jusqu'au Louvre. Alex s'est laissé convaincre qu'on ne pouvait décemment aller s'entraîner le jour de son mariage. Les Italiens ont préféré s'accorder une sieste. « À ce soir ! » leur crie-t-il en les quittant à regret. Il n'a pourtant jamais été question de les inviter. Elle avait dit à sa mère qu'ils ne seraient pas plus d'une quinzaine. Ils traversent le hall d'entrée, se perdent au milieu d'une troupe d'Américains qui les fait rire. À l'intérieur des salles, ils ne sont plus d'accord. Alex estime que le Lorrain dessine mal ses personnages et peint toujours la même chose. « Mais justement ! » dit-elle, sans qu'il l'écoute. Elle se sent mortifiée, comme si le reproche s'adressait à elle. Alors ils se séparent, chacun va vers ses peintres. Elle le retrouve dans la salle des Hollandais, arrêté devant un tableau de Rembrandt.

— Voilà ce que je voudrais leur voler !

Elle reconnaît *le Bœuf écorché*. Elle se souvenait de la bête suspendue par les pattes, mais pas de la femme, dans le fond, qui semble ricaner sur son pas de porte. Elle se demande si Alex l'a fait exprès. Il y a quelque chose dans ce tableau, un acharnement à souffrir, un plaisir à s'humilier, qui le destine à la seule consolation des hommes. Elle préfère les marines et les natures mortes. Elle aimerait avoir un jour ce regard qui n'oublie rien. Alex dit que c'est tout de même un genre mineur, surtout chez les Flamands, la peinture est mal équilibrée, envahie par une foule de détails inutiles. (Même la petite chenille qui grimpe sur une feuille de capucine, *il ne faudra pas l'oublier.*)

Le soir, ils arrivent à Bondy, poussent solennellement les battants du portail. Alex n'est jamais venu à la maison. Elle ne peut pas lui dire ce qu'elle éprouve à le voir marcher à côté d'elle, ici, dans cette allée, où elle a l'impression d'avoir toujours marché seule. Sa mère est dans le fond du jardin, en train de préparer la table. Les Italiens, coincés devant la porte du garage, boivent des apéritifs pour se donner une contenance. Ils ont l'air soulagés de les voir arriver.

— J'ai rangé les cadeaux à l'intérieur, dit sa mère sans cesser de compter ses fourchettes.

Alex s'est emparé d'une pile d'assiettes et d'un torchon dans l'espoir qu'on lui pardonnera de ne pas être le gendre idéal. Mais sa belle-mère n'en a cure.

— Pas comme ça ! crie-t-elle en les lui retirant des mains.

Ensuite elle retourne soliloquer dans la cuisine. Le mari d'Anna a installé un électrophone sur le bord de la fenêtre. Muriel danse avec lui, puis avec Ricardo, puis avec Alex, qui n'arrête pas de rire sans qu'elle sache pourquoi. Elle a mis son collier noir. Dans le jardin d'en face, les voisins ont transporté leur table de camping sous le cerisier pour regarder la noce. Elle leur fait un signe de la main. Aux branches de l'arbre, ils ont accroché un ruban et une guirlande de fleurs. Elle leur dit : « Venez, venez ! », mais elle sait très bien qu'ils n'oseront jamais. Sa mère et Anna ont fini de mettre la table, les Italiens sont déjà installés.

— Je monte me changer, dit-elle en s'excusant de les planter là.

Au-dessus de la table de chevet, il y a une photo d'elle avec son oncle Henri, prise sur la plage de Royan. Il la tient par le cou en se penchant un peu, pour compenser leur différence de taille. Elle a des yeux tout plissés de rire et un petit corps invisible sous son maillot à bretelles. Elle s'est laissée tomber sur le lit. Elle entend les voix, la musique qu'on joue dans le jardin. Elle a les mains nouées sur le ventre.

Quand elle redescend dans la cour, la lumière a presque disparu. Elle s'installe à table entre Alex et sa mère. Son oncle Henri est en face d'elle, avec sa femme. Mais il est devenu presque sourd et ne parvient plus à suivre ce qui se dit à table. Il se contente de sourire en la regardant, comme s'il avait envie de sa jeunesse. Elle boit du champagne. Elle se lève pour danser avec Alex en le serrant fort. Plus tard, ils reviennent en taxi. Ils sont aussi ivres l'un que l'autre. Elle reconnaît les écluses du canal Saint-Martin, la place de la République. « C'est l'homme de ma vie », pense-t-elle en se laissant embrasser. Elle a baissé les vitres. Elle voudrait que l'air de la nuit les lave de toutes leurs fautes.

Un soir du mois de juin, l'appartement est vide et elle l'attend. Elle est assise sur une chaise, jambes ballantes, et elle a le regard perdu dans le vide de la chambre. Il est parti s'entraîner à Mantes. Il part maintenant deux à trois jours par semaine, revient quand il en a envie. Parfois, elle imagine qu'il s'en va pour ne plus être aimé. Elle essaie de bouger, de ne pas rester rivée à sa chaise. Elle va faire des courses avenue de Paris. Quand elle rentre, elle entend la sonnerie du téléphone dans le fond de la chambre. « Alléluia ! dit une voix à l'accent créole, Jésus nous aime, ma très chère sœur, Jésus a souffert pour nous et s'est laissé mettre en croix. » Elle a raccroché. Elle se demande comment ils ont réussi à obtenir son numéro, si c'est vraiment un hasard. Elle ouvre le réfrigérateur à la recherche d'un reste de salade. Elle mange en regardant le ciel assombri, la tombée du jour au-dessus de Vincennes. Elle se dit soudain que dans la soumission il y a toutes les perfections. Elle va se coucher sans allumer le poste. Alex finit toujours par rentrer. Elle l'entend aller et venir dans le couloir, faire couler son bain, feuilleter le journal avant de venir s'allonger. Il se tourne de son côté et la regarde longtemps. Il lui caresse les cheveux, en commençant par les tempes.

— Je croyais que tu dormais déjà.

Elle lui dit qu'à la sortie du métro elle a rencontré Béatrice, elle voulait à tout prix les inviter à dîner vendredi. Il répond : « C'est vrai ? » Elle aime bien son éloignement quand il dit ça, cette impression d'être embarquée avec lui et de longer des côtes qu'on ne voit pas à cause de la nuit.

— Tu te souviens que tu m'avais promis qu'on aurait un enfant.

— Je ne t'ai rien promis du tout. Qu'est-ce que tu as dit à Béatrice ?

— Je suis la plus malheureuse des jeunes mariées.

— C'est prétentieux... Alors, Béatrice ?

Elle est assise dans le fond de la chambre, jambes ballantes : elle a l'impression d'attendre depuis des années, avec cet amour inutile, cette jeunesse qui ne sert à rien. Elle ne comprend pas comment elle peut continuer à vivre ainsi. Elle ouvre le réfrigérateur, sort des œufs et du fromage râpé. Monsieur Benetti n'est toujours pas revenu dans son appartement, ses volets sont encore fermés. Elle éteint la lumière dans le couloir, retourne dans la chambre. Elle se déshabille. Il y a des jours où elle aperçoit tant de contradictions dans sa vie, qu'elle voudrait pouvoir dormir sans arrêt.

— Je t'ai réveillée ?

Elle s'est soulevée sur les coudes. Il s'est assis à côté d'elle, en riant, et elle devine tout à coup la Chance qu'il a. Certains soirs, quand il rentre très tard, il porte sa Chance avec lui, comme un oiseau sur l'épaule. Elle l'a aimé à cause de ça. Il lui dit qu'il s'est entraîné à Mantes, qu'en rentrant il est passé chez Ricardo.

— Tu sais que j'ai encore de nouveaux projets ?

— Tu veux te marier une seconde fois ? répond-elle, mais ça lui a complètement échappé. C'était la voix de sa mère.

Elle ne veut pas être méchante, ni aigrie, ni insatisfaite. Elle veut seulement comprendre ce qui leur arrive. Il est tellement décevant. Il ne sait même pas la chance qu'il est en train de gâcher et qu'ils ne retrouveront plus jamais.

— Tu es excitante comme ça. Tu as vu ?

— Pas en ce moment, Alex.

— Laisse-moi voir. Je ne tiendrai pas beaucoup de place.

— Pas en ce moment, tu m'entends ?

Elle ferme les fenêtres de la chambre. Elle dîne en regardant le poste, assise sur le tapis de la salle à manger. Le téléphone la fait sursauter. C'est le messager créole : « Jésus nous aime, ma très chère sœur, et Jésus veut que nous nous aimions les uns les autres. Notre Seigneur a dit : Heureux ceux qui ont le cœur pur. » Elle repose l'appareil. Elle voudrait vivre avec les autres, les aimer, les rendre heureux. Elle s'endort devant le poste allumé. Elle l'entend marcher dans le couloir en parlant avec un autre homme. Ils tiennent leur blouson sur l'épaule.

— Je te présente Silvio Gati. Nous ne passons pas longtemps, Marco nous attend à la Porte de Vincennes.

— Quelle heure il est ?

— Onze heures.

Elle les entend déboucher des bouteilles de bière dans la cuisine. Il ouvre les fenêtres en laissant entrer le bruit, la chaleur du soir. Il l'embrasse sur les cheveux.

— Je rentrerai certainement demain matin. Tu peux te coucher. Tu as déjà mangé ?

Il va dans le couloir, suivi par l'autre qui lui parle italien. Elle se renverse sur le dos pour voir leurs ombres passer sur les murs. Ils disent que Marco téléphonera peut-être dans la soirée et claquent la porte. Il a laissé la fenêtre ouverte.

Elle se sent complètement béante. En bas, elle entend l'avertisseur d'une voiture de police. Elle se relève pour fermer la fenêtre. Elle est en train de perdre quelque chose, quelque chose qu'elle doit à tout prix effacer de sa mémoire si elle veut vivre autrement, et elle en éprouve une tristesse infinie. Elle remonte le réveil.

Maintenant elle dîne souvent chez sa mère pour ne plus l'attendre. Comme il s'est mis à faire encore plus chaud, elles dînent sur la petite terrasse, devant les massifs du jardin. Elles ne parlent pas beaucoup. Sa mère lui donne des nouvelles d'Anna, qui a de nouveau des problèmes avec ses reins et que le médecin veut hospitaliser. Elle l'écoute sans savoir quoi dire.

— Tu n'as pas l'air très épanouie, pour une jeune mariée.

— Je ne me suis pas plainte.

— Tu es entêtée. Je t'avais prévenu de ce qui allait arriver avec lui.

Elle a envie de lui dire que ça ne la regarde pas. Mais elles sont fatiguées toutes les deux. Chacune se souvient d'autres soirs d'été, d'autres dîners devant le jardin, quand les enfants des voisins jouaient au ballon dans la rue. Leur mère criait toujours « À table ! À table ! », sans parvenir à les faire rentrer. Les jours étaient incroyablement longs. Après le repas, sa mère s'enferme dans la cuisine, pendant qu'elle monte dans la chambre chercher ses affaires. Elle a conservé l'habitude d'apporter son linge à la maison et de le récupérer la fois suivante. Il y a toujours la photo encadrée, au mur, où elle rit en plissant les yeux. À cette époque, elle n'attendait personne, elle profitait de la vie. À moins qu'à cet âge, on ne soit déjà toute l'attente, sans personne.

Elle a de plus en plus de difficultés à parler. À l'agence, elle passe des journées silencieuses à travailler et à arpenter les couloirs. Elle ne veut plus sortir avec les autres. Elle sent qu'elle est devenue dure, presque rigide, au point que les comportements les plus simples, comme entrer dans un bureau, dire bonjour, l'obligent à puiser au fond d'elle-même. Sinon, elle n'y arriverait pas. On dirait qu'elle est forcée d'aller chercher de plus en plus loin, dans des zones non encore indurées, le petit être souple qui subsiste en elle et qui lui permet de sauver les apparences en étant douce avec les doux, simple avec les simples. Elle ne sait pas combien de temps elle résistera. Avec Édith, elle continue d'être patiente, appliquée. Édith lui parle de ses démêlés avec le garçon qui vit chez elle depuis deux mois, sans vouloir travailler. « Tu sais ce que je lui ai dit, hier soir ? » Elle avoue qu'elle n'en sait rien. Elle est toujours fascinée de voir à quel point elles se ressemblent. C'est sans doute pour cette raison qu'Édith a l'habitude de conclure ses histoires par un « Qu'est-ce que tu ferais à ma place ? », qui la désarçonne à chaque fois. Au début du mois suivant, elle prend un congé de maladie.

Elle ouvre la porte. Elle la referme doucement. Elle tient le téléphone contre sa bouche sans pouvoir parler. Elle se regarde dans la glace. Quand elle est à l'intérieur de la salle de bains, elle compte les jours sur ses doigts. Et à chaque jour qui passe, une vie sans mémoire s'engouffre en elle, en la séparant un peu plus d'elle-même. Elle est en train de s'éteindre. Dimanche, elle s'est promenée à la campagne avec lui et n'a rien vu du paysage. Elle marchait les yeux baissés, en s'efforçant de sourire. Sur le chemin du retour, quelque chose s'est produit. Un coucou s'est mis à chanter pendant qu'un homme coupait des branches, et elle a eu une secousse nerveuse. (Mais c'était une autre fois, juste avant l'histoire de Naples.) Elle a le corps de plus en plus raide. Le matin, quand elle se lève, elle sent cette raideur qui la prend à la nuque et l'empêche tout de suite de penser. Elle ne peut plus se concentrer sur une idée. Elle fait des mouvements dans la salle de bains en se surveillant du coin de l'œil : quand elle tourne la tête à gauche, le temps fuit vers l'infini. Elle a peur de se pétrifier. Elle s'invente des attitudes comme une actrice, remue la bouche, émet des sons. Elle est assise sur le rebord de la fenêtre.

Le reste du temps, elle résiste. Elle résiste de toutes ses forces, mais la souffrance augmente d'autant, et elle est seulement consciente pendant des heures de vivre en l'air, littéralement *suspendue.* Elle referme la porte. Elle ne sait plus pourquoi elle est allée à la porte. Il lui a dit qu'à Naples elle connaîtrait son frère Aldo, le peintre, et qu'il lui plairait certainement. Il lui a parlé de quelqu'un d'autre dont elle a oublié le nom. Pendant qu'elle l'écoutait, la tête penchée en avant, elle sentait passer dans son dos la pensée voûtée de sa mère. Elle lui a dit qu'elle était devenue comme sa mère, il a ri. Il ne se doute pas de ce qui leur arrive. Il ne se doute pas que l'un des deux est parti très loin et ne peut même plus se rendre compte à quel point l'autre est resté proche. Il continue de vivre comme si de rien n'était. Elle ne veut plus qu'il la touche. Le soir, elle prend sa pilule et ses somnifères sans faire de différence. Elle a les mains glacées.

Une nuit, elle s'est réveillée enceinte. Elle a couru dans la salle de bains en allumant l'éclairage au-dessus de la glace. Son ventre et ses seins étaient gonflés. Elle s'est juré de n'en parler à personne, même pas à Alex. Elle voulait garder l'enfant pour elle toute seule. Le lendemain, elle a eu une crise de larmes et elle est sortie acheter n'importe quoi, de la nourriture, des pulls, des chaussures, pour se payer une seconde vie. Il ne l'a plus touchée depuis des semaines. Elle est assise sur le rebord de la fenêtre, les pieds posés sur le radiateur. « Je vais bientôt avoir trente ans », pense-t-elle solennellement, car il s'agit de prendre une décision, de basculer dans le vide, par exemple, et de laisser le monde tranquille. Elle court ouvrir la porte d'entrée. Il n'y a jamais personne. Samedi, elle a vu Monsieur Benetti revenir en ambulance de l'hôpital. Deux infirmiers tenaient l'appareil à perfusion, tandis qu'il était allongé derrière le hublot, vaguement sanctifié, parce qu'on avait l'impression qu'il offrait sa vie pour tous les gens de l'immeuble. Le soir, elle tient le téléphone contre sa bouche, en s'appliquant à respirer. Ensuite, elle s'allonge dans la chambre.

— Alex ?

— Tais-toi.

— Tétanie.

Elle les entend derrière la porte. Ils se sont enfermés dans la cuisine pour jouer aux cartes et regarder la télévision. Maintenant Marco et Umberto dorment souvent à la maison. Elle entend qu'il est question de suicide. Et comme ils étouffent leurs voix à ce moment-là, elle est persuadée qu'ils parlent d'elle. Elle s'approche un peu plus de la porte, mais il s'agit d'une personne qu'elle ne connaît pas. Elle se sent soulagée. Alex lui a dit qu'il fallait qu'elle l'accompagne à Naples pour sortir de sa maladie. Il a ajouté que ce serait leur voyage de noces. Il est assis à côté d'elle, sur le rebord de la fenêtre, les pieds posés sur le radiateur. Alors elle devine qu'il partage sa folie et que tout reste encore possible ; comme si cette faim, cette frustration les avaient rapprochés et que tout le temps perdu allait leur être rendu. Elle n'est déjà presque plus malade. Elle aimerait l'annoncer en chantant. Elle est sûre qu'on peut se soulever de terre par la seule force du chant. Mais il veut qu'elle soit calme, alors elle s'assoit calmement, elle se couche calmement.

— Tu m'écoutes ?

— Oui.

— Ce n'est plus très important.

— Quoi ?

— De savoir si je suis malade.

— Pourquoi tu me dis ça maintenant ?

— Parce que j'ai tout compris.

V

L'hôtel occupe tout le troisième étage d'un palais décrépi qui compte six niveaux, tandis que son aile ouest en a quatre, sans qu'on sache si le reste a été démoli ou si l'ensemble est tout simplement resté inachevé. Le bâtiment principal est distribué par de grands escaliers ajourés, qui font penser à des tuyauteries d'orgue, auxquels s'ajoute un ascenseur extérieur, qu'on voit monter et descendre toute la journée le long de la façade. Il y a aussi une cour intérieure avec des échoppes. La chambre qu'ils louent à la semaine est à l'image de tout l'immeuble : la salle de bains a les dimensions d'un appartement, mais la douche ne fonctionne qu'un jour sur deux en inondant la chambre. Les plafonds, les linteaux des fenêtres sont décorés de moulures en plâtre avec des angelots, mais l'humidité, les moisissures de l'hiver font des taches et d'énormes cloques sur les murs. Et tout est comme ça, un peu détraqué et tellement beau qu'elle voudrait ne plus quitter l'hôtel. Elle vit avec le sourire de Miroku Bosatsu, qu'Alex a installé sur l'étagère de la salle de bains.

La patronne de l'hôtel, Madame Di Zazo, une femme très grosse, toujours vêtue de la même blouse en nylon, occupe une espèce de cagibi qui lui sert de bureau de réception. En fait, on la voit rarement dans cette pièce : à cause de son diabète et de ses douleurs aux jambes, elle passe la majeure partie de la journée dans sa chambre. Muriel a pris l'habitude de venir bavarder avec elle après déjeuner, c'est sa leçon d'italien. Elle s'assoit sur le tabouret, à côté du lit. La chambre est perpétuellement dans la pénombre et fleurie comme un tombeau. En plus de la télévision, il y a un vieux standard téléphonique, un réchaud à gaz, un aquarium avec deux tortues vertes. Le bonheur, pour Madame Di Zazo, serait de pouvoir en même temps boire son café au lait, recevoir des visites et répondre au téléphone, tout en suivant le film à la télévision. Malheureusement, il y a toujours quelqu'un pour l'en empêcher. Les plus embêtants étant sans conteste les Américains, qui ne manquent pas une occasion de venir se plaindre qu'il n'y a pas d'eau chaude ou que l'écoulement est bouché (comme si c'était sa faute).

— J'en parlerai au plombier, répond-elle aigrement, un peu comme on dit : j'en parlerai à mon cheval, et elle retourne s'allonger.

Mais à peine a-t-elle repris le cours de la conversation, qu'on l'appelle d'en bas. Ce sont les gardiens, deux incapables qui passent leur temps à jouer aux cartes dans la cour et à siffler les filles. Dans la pièce d'à côté, on entend parfois des bruits de chaise très discrets, laissant supposer que Monsieur Di Zazo est au moins aussi casanier que sa femme. Muriel l'a aperçu quelquefois à la fenêtre, un petit homme effacé comme il y en a tant dans cette ville, avec un visage mélancolique et une raie sur le côté. Bizarrement, Madame Di Zazo ne lui a pas encore présenté son mari. « Il est vraiment trop timide », s'est-elle excusée une fois et Muriel n'a pas insisté.

En face, au second, un vieillard excentrique passe ses après-midi à déambuler dans l'appartement, avec sa serviette et son matériel de rasage, pendant que sa fille monte la garde à la fenêtre. De temps à autre, elle hèle un petit commissionnaire en lui lançant de l'argent et une liste de provisions. Ils font partie de ces personnes, qui pour des raisons mystérieuses, quasi sacerdotales, ne quittent jamais l'immeuble. Ainsi l'Anglaise qui vit au dernier étage, entretient des plantes vertes sur la terrasse, et qu'on ne voit qu'à la nuit tombante, son arrosoir à la main. Ainsi l'étudiant du rez-de-chaussée, qui dîne seul chaque soir, sur une grande table blanche, en lisant des livres. Il a perpétuellement une main pressée sur le front, sans qu'on puisse deviner si c'est en signe de fatigue ou s'il souffre vraiment de névralgies. C'est un garçon maigre, avec un nez très droit et des mèches en ailes de corbeau. Muriel, évidemment, lui trouve un air ténébreux. Elle s'est empressée de demander à Madame Di Zazo pourquoi il restait enfermé.

— Il pense à la mort de sa mère, a-t-elle répondu.

— Elle est morte récemment ?

— Pas du tout, elle est morte il y a une dizaine d'années.

Madame Di Zazo s'accommode des contradictions avec une facilité déconcertante. Maintenant, lorsque Muriel découvre l'étudiant en train de faire des allées et venues dans le couloir, ou bien allongé sur son canapé, un livre posé sur les yeux pour se protéger de la lumière électrique, elle ne peut s'empêcher d'y voir comme autant de postures de douleur, et elle le plaint.

Mais ce sont surtout les enfants qu'elle guette à la fenêtre. Les enfants qui jouent au ballon dans la rue, ceux qui bousculent les gens dans l'escalier ou rient dans l'ascenseur, quand il fait nuit. Dans cette ville, les enfants appartiennent à leur rue, donc ils lui appartiennent un peu aussi. Et personne dans l'immeuble, pas plus eux que leurs parents, ne se doute à quel point ils ont d'importance pour elle. Elle est de leur côté, même si elle ne leur parle pas. Quelquefois, il lui arrive de croire qu'elle a déjà vécu dans cette cour, parce qu'il y a des vies virtuelles aussi réelles que celles qu'on mène. Elle se dit que tant qu'elle sera au milieu de ces gens, elle ne risquera rien. Dans l'autre aile du bâtiment, au second étage, elle a repéré un couple d'enfants qu'on ne voit que l'après-midi, au retour de l'école, et qui joue sur le balcon avec une petite boîte en fer suspendue au bout d'une ficelle. Ils ont dû mettre des graines et attendent qu'un pigeon vienne s'y poser. Ils ont l'air très patient. Généralement, ils s'assoient sur une chaise afin de pouvoir surveiller leur boîte, et la sœur pose la tête sur l'épaule de son frère, pendant qu'il lui raconte des histoires dont elle ne se souviendra plus. Lui non plus.

Sa vie est à ce point modelée sur les habitudes des autres, qu'elle ne sort presque plus. Elle laisse Alex se rendre à l'entraînement et l'attend tranquillement, sans regretter de ne pas être ailleurs. Tout au plus, s'accorde-t-elle une promenade en fin d'après-midi, les jours où le temps n'est pas trop pluvieux. Elle fait les magasins, prend le bus 140 qui va jusqu'au bord de la mer. Évidemment, il n'y a personne en cette saison, elle peut rester sur les terrasses autant de temps qu'elle le désire. Elle redescend à pied, en lisant son guide ou en mangeant des gâteaux. Les gens qui la voient se promener ainsi, au bord de la mer, avec son parapluie et ses lunettes noires, ne peuvent pas imaginer combien elle aimerait les connaître. Il y a des moments, surtout au retour, à cause de la fatigue, du jour qui tombe, où elle a une telle sensation de solitude, de tendresse impossible, qu'elle en embrasserait les chiens. Elle rentre dans les églises. Elles sont toujours pleines de monde, le soir, elle peut s'y reposer sans qu'on la remarque. De temps en temps, quelqu'un ouvre une des petites portes latérales, laissant entrer la rumeur du port, avec le bruit des moteurs de bateaux. Et tout cela, cette attention qu'elle porte aux gens, aux choses, est sans doute une façon de prier. Elle revient, le cœur limpide. Ensuite, elle fait ses courses et monte dans l'ascenseur.

Le frère d'Alex habite à une cinquantaine de kilomètres plus au sud, de sorte qu'ils sont obligés de prendre le train, puis un car qui dessert les villages de montagne. Elle est impatiente de voir ce frère, dont elle entend parler depuis des mois. Visiblement, Alex a une énorme admiration pour lui parce que c'est un artiste.

— Tu dois te dire que j'aurais mieux fait de suivre son exemple.

— Je n'ai jamais dit ça.

— Mais tu verras.

Elle ne sait pas ce qu'elle verra. De la route, ils aperçoivent les vaches et les brebis qui paissent l'herbe tendre, tandis qu'apparaissent les premières vignes. Les couches calcaires, qui affleurent par endroits, font des trainées blanches sur la terre. Ensuite le car traverse un pont en bois, elle regarde l'eau bouillonnante. On dirait qu'ils n'arriveront jamais nulle part. Un peu après midi, le car s'arrête devant une caserne entourée d'un parc, avec des palmiers. Les soldats ont tendu un filet entre les arbres afin de jouer au ballon. Mais leur vie doit être ennuyeuse, car dès que la balle sort du terrain, ou que le vent retourne le filet, ils tombent dans un engourdissement étrange. Finalement, le village d'Aldo se trouve être celui qu'on aperçoit au bas de la route. À l'entrée, il y a une sorte d'épicerie et un garage, autour duquel des jeunes sont réunis. Alex est allé se renseigner auprès d'eux.

— Beppe ! crie un des apprentis, à l'adresse d'un garçon assis sur le trottoir, porte-les chez Aldo.

L'autre, un taciturne, accepte de faire quelques pas en leur compagnie, tout en balançant son transistor à bout de bras.

Ils empruntent des ruelles, des places presque froides, tant il y a d'ombre. Les escaliers leur donnent l'illusion de traverser un village de montagne, dont les maisons seraient toutes restées entrouvertes, parce qu'on y aurait perdu la mémoire de l'extérieur. Ils distinguent des pièces obscures, avec des pendules et des vierges fluorescentes. Parfois, un homme en train de se reposer les regarde du fond de son lit, sans paraître gêné. Leur guide s'est arrêté au pied d'une maison de quatre étages, en appuyant sur le bouton de l'interphone pour demander Aldo. Au bout de quelques secondes, une vieille dame répond : *Non c'è, mi dispiace,* avec une voix si lointaine qu'on la croirait déjà au ciel. Ils redescendent par un autre escalier. Ils se retrouvent pratiquement à la sortie du village, devant une maison paysanne dont le portail est ouvert. Alex est retourné aux renseignements, accompagné par le garçon au transistor. Elle se demande combien de temps il va falloir attendre. Des femmes en noir vont et viennent dans la maison, en chuchotant aux fenêtres.

— Vous vous appelez Muriel? dit une voix d'homme, dans son dos.

Elle n'imaginait pas qu'il serait aussi différent. Il est beaucoup plus grand qu'Alex, avec une barbe et des cheveux très longs, noués en queue-de-cheval.

— Vous êtes le frère d'Alex ?

— J'habite là-haut, fait-il en lui montrant une construction en briques, ajoutée sur le toit de la terrasse. Vous pouvez y monter toute seule.

Elle ne sait pas si elle ne devrait pas attendre Alex.

La pièce, qui possède deux ouvertures sur la cour, sert à la fois de chambre à coucher et d'atelier. Il y a juste un matelas avec des draps défaits. Près de la porte, un chevalet supporte une toile à fond noir, que traversent des lignes peintes dans un gris très pur. Alex lui a tellement parlé de la vie désordonnée de son frère qu'elle était persuadée qu'il peignait quelque chose de furieux et d'embrouillé, avec des éclaboussures de couleurs, et pas du tout des lignes grises. Il est revenu en portant du vin.

— C'est beau, ce que vous faites.

— Vous vous intéressez à la peinture ?

— Malheureusement, je ne vais pas très souvent dans les musées. J'aime surtout les natures mortes et les Annonciations.

— J'aurais aimé peindre des Annonciations. Je ne sais pas si vous connaissez celle de Gentileschi, je l'ai vue des dizaines de fois, et, maintenant, c'est drôle, ça n'a pas plus d'importance que cette biscotte par terre.

— Qu'est-ce que vous voulez dire ?

— Que ce morceau de biscotte me semble très beau. Je pense qu'un jour je vais même arrêter de peindre.

— Vous êtes malheureux ?

— Quelle question ! Vous avez quel âge pour me demander ça ?

Elle a failli le lui dire. Il parle avec le même accent, les mêmes intonations qu'Alex. Il est assis sur le sol de la chambre, torse nu, les bretelles de sa salopette tombant sur son pantalon. Elle remarque en le regardant boire que ses dents sont toutes gâtées, tandis que son corps paraît encore jeune, à cause de son hâle. Il regarde la toile sur le chevalet, sans plus rien dire. Elle commence à trouver le temps long en face de lui. Elle imagine qu'Alex a fait exprès de les laisser ensemble.

À la fin de la journée, ils reviennent tous les trois par le car qui dessert les villes de la côte. Aldo a accepté de les suivre, à condition qu'ils puissent le loger dans leur hôtel, et son frère n'a fait aucune objection. Ils ne lui ont pas demandé ce qu'elle en pensait. D'ailleurs, elle ne sait pas ce qu'elle doit en penser. Elle les a laissés s'asseoir derrière afin d'être un peu seule. Aldo ne lui est pas spécialement sympathique, et elle redoute qu'avec son installation c'en soit fini de sa tranquillité à l'hôtel. Elle change de place pour être du côté de la mer. Des gens sont installés sur des pontons en bois, pendant que les enfants jouent au bord de l'eau. Les rayons horizontaux du soleil font ressortir en noir leurs silhouettes agiles sur les rochers. Partout ailleurs, ce sont des jardins abandonnés durant la saison d'hiver, des restaurants fermés. Sur les hauteurs, elle aperçoit une villa dont les lumières sont restées allumées en plein soleil, comme à la fin d'une nuit blanche. Les premiers grands immeubles apparaissent avec leurs balcons, leur pauvre linge aux fenêtres. Ensuite, commencent les quartiers résidentiels qu'on a construits à flanc de colline. Elle ferme les yeux. Les voix d'Alex et de son frère lui parviennent par instants du fond du car. Elle ne comprend pas ce qu'ils se racontent : ce sont des voix tendres et rieuses, et elle a l'impression, comme dans les légendes, qu'elle n'a pas le droit de se retourner.

Elle a refermé la porte. Elle se sent toujours un peu flottante lorsqu'elle entre dans cette chambre et qu'elle voit Aldo dormir nu sur le lit. Il a quelque chose d'animal et de délabré qui l'étonne. Souvent, ce sont des femmes qui l'appellent au téléphone et elle est bien obligée de le réveiller. Il disparaît jusqu'au lendemain, en emportant ses affaires. Alex prétend qu'en plus de ses maîtresses, il continue à fréquenter sa première femme, dont il a eu un fils. En général, il revient le matin, avec les yeux injectés, et va directement dans sa chambre en demandant qu'elle le réveille à midi.

— Aldo, vous m'entendez ? crie-t-elle.

Il finit par enlever le foulard de soie qu'il a autour des yeux. Il avale un cachet. La table de chevet est encombrée de boîtes de médicaments et de revues pornographiques. Elle le soupçonne d'ailleurs de prendre un malin plaisir à les laisser en évidence sur la table.

— On vous a appelé.

— Je sais. Je dois aller chercher mon fils à deux heures. Vous n'avez pas envie de venir avec nous à la piscine ? demande-t-il en allumant une cigarette.

Elle hésite un moment. Elle sent que la présence d'un autre homme, la pression qu'il exerce sur elle, commence à lui peser. Elle préférerait rester à l'hôtel. De toute façon, elle doit appeler sa mère en début d'après-midi. Il l'a suivie dans leur chambre.

— Mon frère est toujours bouddhiste ? fait-il en regardant la statuette.

Il a sa serviette-éponge sur les cheveux et n'arrête pas de se gratter les bras, comme s'il était pris d'une démangeaison nerveuse.

— Il n'en parle presque jamais, vous savez.

— C'est quelqu'un de secret.

Il lui a dit cela en lui lançant un sourire qu'elle n'arrive pas à interpréter. Elle se demande ce qu'il pense d'elle. Il n'a pas l'air de lui prêter une grande attention et, en même temps, elle ne peut se défaire du sentiment qu'il cherche à l'attirer à lui. Elle dit : « Il faut que je téléphone. » Elle compose le numéro et tombe sur son beau-frère qui lui annonce que sa mère est partie en Alsace. Elle dit qu'elle l'appellera là-bas. Elle pourrait aller à la piscine.

— On ne vit que pour ça, je l'ai compris quand j'avais vingt ans. Je me suis dit que le reste n'avait plus aucune importance. Vous n'êtes pas d'accord ?

Elle répond : « Si, bien sûr », sans savoir de quoi il parle.

— C'est peut-être finalement notre seule consolation. Si on n'avait pas ça, il n'y aurait plus qu'à se balancer par la fenêtre. Vous y avez déjà pensé ?

— À quoi ?

Il a l'air désorienté. Il s'est remis à se gratter les bras, pendant qu'elle cherche ses affaires de bain.

L'enfant est installé sur le balcon, au deuxième étage d'un immeuble moderne construit au fond d'une cour. Il porte une gourde en plastique passée en travers de l'épaule, une casquette, et fait semblant de pédaler sur un vélo bleu qui, objectivement, semble beaucoup trop grand pour lui. Elle est restée dans la cour, tandis que son père est monté le chercher. Aldo est agenouillé à côté de l'enfant afin de lui parler à l'oreille. Mais soit l'enfant ne comprend pas, soit il est de mauvaise volonté, car au lieu de descendre, il pédale toujours furieusement sur sa machine. Aldo s'efforce de sourire. De temps en temps, il fait un petit signe derrière son dos et elle continue d'attendre, absorbée par le mystère du père et du fils. L'enfant visiblement ne veut rien entendre. À chaque tentative que fait son père pour s'approcher de lui, il répond par un regain d'énergie et pédale de plus belle. Finalement son père abandonne la partie. Il la rejoint dans la cour et la prend par le bras. Le petit garçon s'est aussitôt arrêté et les regarde avec un air de grande détresse. Elle se sent triste pour lui, mais Aldo explique que son fils a un tempérament d'artiste, profondément individualiste, et qu'il ne faut pas s'en soucier. Elle est presque rassurée. Une fois à la piscine, ils vont chacun de leur côté à la recherche d'une cabine. Elle se déshabille très vite, car l'air est suffocant en sous-sol.

Il est déjà dans le bassin en train de nager. Il n'y a pratiquement personne, excepté quelques vieilles dames pataugeant dans le petit bain. Elle le regarde surgir et s'enfoncer sous l'eau, propulsé par ses battements de jambes. Quand il atteint le fond, on distingue nettement l'ondulation de ses cheveux en arrière. Elle a plongé. Elle l'a fait sans réfléchir. Et, d'un seul coup, elle tombe sur lui en silence. Elle le voit tout en bas, qui nage en rasant les lignes. Elle est obligée de remonter pour reprendre un peu d'air. Elle aperçoit un instant un corps immobile sur le dallage du fond, l'abdomen collé à la grille. Elle redescend. Et sans doute parce qu'il a deviné qu'elle était au-dessus de lui, il se retourne sur le dos et la regarde. Il la regarde avec des yeux immenses, translucides, et au fur et à mesure qu'elle approche de lui, elle ne sent plus aucune pesanteur. Il l'attrape par la taille. Elle comprend qu'il essaie de l'entraîner encore un peu plus bas, pour être seul avec elle. Mais elle ne veut plus, elle n'a jamais voulu. Elle donne de grands coups de talon, pour remonter, en battant des mains et en s'agrippant comme une désespérée à l'échelle.

— Pauvre type ! crie-t-elle de toutes ses forces.

Il a dû l'entendre. Il s'est retourné sur le ventre, afin de reprendre sa posture d'insecte solitaire, aplati contre la grille. Elle aperçoit ses longs cheveux flotter au-dessus de lui. Elle a l'impression qu'il va rester au fond du bassin, jusqu'à ce que ses poumons éclatent. (Plus tard, sous la douche, elle réalisera que c'est elle qui voulait mourir.)

En sortant de sa cabine, elle ne se souvient plus quel escalier elle a pris pour arriver au sous-sol. Elle monte quelques marches, emprunte une sorte de couloir bétonné, où les conduites d'eau suspendues au plafond l'obligent à baisser la tête. On entend encore la rumeur du bassin, avec le bruit d'une chaufferie. Le couloir fait plusieurs coudes avant de déboucher dans une petite salle, avec des cabines grillagées qui doivent servir de vestiaires. À l'intérieur de l'une d'elles, elle aperçoit un homme âgé qui semble attendre qu'on l'appelle. Il a soigneusement rangé ses affaires sur un banc et se tient debout, l'oreille collée à la cloison. Elle rebrousse chemin, emprunte une passerelle métallique conduisant à l'autre partie du bâtiment. L'odeur du chlore est à nouveau très forte. Elle pousse une porte à double battant donnant sur un petit bassin d'eau froide, qu'elle traverse sur la pointe des pieds. En haut de l'escalier, elle entend des voix, avec de la musique. Elle se trouve à l'intérieur du bar de la piscine. Une dizaine d'hommes sont occupés à jouer aux cartes, pendant que le serveur regarde la télévision, derrière son comptoir. Elle s'assoit dans un coin de la pièce, essayant de se faire la plus discrète possible. Souvent, elle rêve d'une vie où l'on serait tout à l'extérieur de soi, sans le souci du regard des autres. Elle a commandé un verre de lait.

Au comptoir, un client assis sur un tabouret lui tourne le dos. À son accent, elle devine qu'il s'agit d'un Noir américain. Il y a énormément de soldats américains dans cette ville.

— Je n'ai pas eu de rapports sexuels depuis cinq mois, vous trouvez ça normal ? demande-t-il au serveur.

L'autre fait non, sans cesser de regarder la télévision. Sur l'écran, on voit des danseuses descendre un grand escalier éclairé par des spots. Les clients ont arrêté de distribuer les cartes pour suivre le spectacle. Elle se demande qui elle attend là. Certainement pas Aldo.

— Les femmes d'Europe n'aiment pas les Noirs, parce qu'elles n'aiment pas le sexe. Vous n'êtes pas de mon avis ?

Le serveur continue de tendre le cou, sans plus bouger que si on lui avait passé une minerve sous le menton. L'Américain a l'air légèrement découragé. Et elle est soudainement prise de panique à l'idée qu'il pourrait s'adresser à elle, en la faisant remarquer de toute la salle. Elle s'empresse de payer.

— Et savez-vous pourquoi les femmes d'Europe n'aiment pas le sexe ? continue-t-il en s'adressant à la cantonade.

Elle débouche dans l'une des galeries extérieures, d'où l'on perçoit la rumeur de la ville, avec le bruit des moteurs de voitures. Elle se dépêche de sortir par le parc. Et ce n'est qu'une fois dehors, arrivée devant les constructions de la gare maritime, que les jambes lui manquent à l'idée de ce qu'elle vient de faire : elle s'est sauvée du bar au moment où elle allait *tout* comprendre.

Le soir, ils dînent tous les trois ensemble, dans un de ces petits restaurants napolitains qui possèdent une cour fermée, avec une tonnelle de pois de senteur. Les gens du quartier sont assis sur leurs balcons, très haut au-dessus de la cour, et Muriel a beau lever la tête, elle ne parvient pas à les apercevoir dans l'obscurité, elle entend seulement leurs voix. Généralement, ils sont les seuls à dîner dans la cour, les autres clients restent à l'intérieur de la salle. Alex est assis à sa droite, Aldo à sa gauche, si bien qu'elle a une étrange perception d'elle-même, entre eux deux, à la fois toute repliée et merveilleusement ouverte. Elle a mis son collier noir. De temps à autre, un léger courant d'air soulève le coin de la nappe et ils se taisent ensemble, comme au passage d'une émotion. Aldo n'arrête pas de s'agiter et de se servir en vin. Alex est plus tendu, presque anxieux à cause de son combat. Son adversaire commence à l'impressionner.

— Tu m'as déjà dit son nom ? demande-t-elle.

— Daniel Danielli.

— C'est quelqu'un de bicéphale ?

Mais il n'a pas envie de rire. De plus, il a mal aux dents. Ils se lèvent de table en réglant pour Aldo, qui n'a jamais un sou sur lui. Ils vont jusqu'au bas de la ville, vers Santa Lucia, où l'on entend souffler la mer endormie. Ils se promènent sur la jetée en attendant d'avoir sommeil.

Le combat a lieu de l'autre côté du port, dans un quartier très excentré, où l'on a l'impression que la vie s'est arrêtée depuis des années. Un tramway traverse de temps en temps l'esplanade, alors qu'autour ce ne sont que des terrains vagues, avec des colonnes et des statues de l'époque fasciste. Elle est obligée de demander son chemin. Elle a emporté avec elle un appareil photographique qu'elle promène en bandoulière. Le stade communal se trouve derrière la voie ferrée, non loin des usines chimiques. Quand elle arrive, en fin d'après-midi, il n'y a pratiquement personne. Le chapiteau sous lequel doit se dérouler le combat a été installé sur la pelouse et entouré de barrières métalliques. Quelqu'un lui dit qu'Alex est en train de se préparer. Elle le découvre assis sur les gradins, en compagnie de Marco qui doit lui donner les derniers conseils. Il a déjà enfilé sa tenue et paraît étrangement seul, au milieu de ce stade.

Il paraît aussi plus léger, plus magiquement exposé, comme un chevalier qu'on a débarrassé de son armure. Elle lui fait signe de la main : « Alex ! » Sa voix résonne très fort. Elle a l'impression qu'il sourit parce qu'il savait bien qu'elle allait venir. Il vaut mieux ne pas les déranger. Elle prend quelques photos du stade, regarde les ouvriers régler les éclairages du chapiteau. D'après l'un des gardiens, les premiers matches ne commenceront pas avant huit heures. Elle a le temps de faire un tour dans le quartier. Elle lui demande s'il connaît une église qui ne soit pas trop loin.

— Une église ? Qu'est-ce que vous voulez faire dans une église ?

Elle découvre San Dominico au fond d'une place, en haut d'un petit escalier à rampe de fer. Elle s'assoit dans le fond de l'église, près du présentoir. Les gens en sortant font un bruit de chuchotement dans les allées, qui lui apaise les nerfs. La messe est terminée. Les enfants de chœur sont en train d'enlever les linges de l'autel, tandis qu'un téléphone s'est mis à sonner à l'intérieur de la sacristie. Elle regarde sa montre.

En revenant devant le stade communal, elle s'aperçoit que c'est le crépuscule et que les gens ont gagné leurs places. Les cris d'enfants se répercutent entre les gradins vides. Ceux qui n'ont pas pu entrer essaient de soulever un pan de la toile afin de profiter du spectacle. Les boxeurs font quelques mouvements d'assouplissement à la sortie de leur caravane, avant de se ranger derrière leur entraîneur et de marcher vers le ring. Les applaudissements sont suivis d'un tel silence qu'on entend chaque pas sur le tapis. Elle fait en sorte d'entrer sans qu'on la remarque. Alex est déjà dans son coin, revêtu de son peignoir bleu, avec son nom imprimé dans le dos. Il paraît manifestement plus jeune et plus véloce que Danielli. Il se déplace très vite en enchaînant ses coups, pendant que l'autre reste adossé aux cordes, protégé derrière ses gants. Son entraîneur lui crie de bouger, mais Danielli n'entend plus rien. On le devine à son regard. Les gens ont cessé leurs encouragements. À la pause du troisième round, les soigneurs s'empressent autour de lui pour l'asperger et lui parler à l'oreille. Il a les bras écartés sur les cordes, comme un Christ redescendu de sa croix. Mais elle ne regarde plus. Elle n'aurait jamais dû devenir la femme d'un boxeur. On entend encore la sonnerie du quatrième round, le silence qui suit. Le vent venu de la mer s'engouffre sous la toile en frôlant le bas de sa jupe. Parfois, quand elle est assise ainsi, les mains sur les genoux, elle a la sensation du souvenir, sans plus se souvenir de rien. (Danielli a abandonné au septième round.)

Le lendemain soir, ils raccompagnent Aldo jusqu'à son village, reviennent à nouveau par la route de la côte. Alex a emprunté la voiture d'Umberto. Et elle se regarde voyager avec lui, entrer sous des tunnels, déboucher sur des terrasses en surplomb : *la mer est mauve !*

— Quand tu arrives sous les projecteurs et qu'il y a ce silence autour du ring, tu as les cheveux qui se mettent à grésiller, comme s'il y avait de l'orage.

— Tu veux encore boxer longtemps ?

— Pourquoi tu me poses ce genre de question ? J'ai tout l'avenir devant moi.

— Tant que ça…

Elle a mis la tête à la portière de la voiture. Elle aperçoit les lumières de la côte, les palmiers noirs. Au large, le rayon d'un phare balaie l'étendue au rythme monotone d'une hélice ouvrant et fermant l'horizon. Elle a toujours aimé les phares, les colonnes creuses qu'on rêve d'escalader pour vivre à l'intérieur, palpitant. Il a arrêté la voiture sur le parking de la plage. Au-dessus d'eux, une Vierge brille au fond d'une niche en pierre, éclairée par une ampoule. Elle se demande ce qu'ils font là.

— Tu t'es déjà intéressé à la résurrection ? demande-t-elle en descendant de voiture.

— Arrête tes bêtises.

— Mais c'est très important !

Elle marche derrière lui en tenant ses sandales à la main, à cause du sable. Elle reconnaît les cabines en bois blanc qu'on aperçoit depuis la route. Dans l'obscurité, les lanternes des pêcheurs éclairent l'eau à deux ou trois cents mètres du rivage, au point que la clarté semble monter de la mer. Elle s'est allongée contre lui, la joue dans le sable. Pendant qu'il la déshabille, elle a l'impression que les lumières se rapprochent et qu'on les observe. Il a mis les mains sur sa poitrine.

— Alex, pas devant eux ! dit-elle en essayant de l'arrêter. Mais il ne l'écoute pas.

Il agit comme s'il était ivre et qu'il ne la reconnaissait plus. Elle a cessé de se débattre. Ensuite, ils dorment à l'intérieur de la voiture, à cause du froid.

Elle abandonne la voiture sans faire de bruit, marche jusqu'à la route. Elle ne lui en veut pas.

Elle sait très bien que c'est elle qui n'est pas normale. Les promesses, les promesses qu'on garde au fond de soi, ont sans doute horreur du plaisir. Elle prend un bus qui va dans la direction de Naples. Elle se retrouve au milieu de la matinée dans le quartier du port, parmi la foule des petits trafiquants et des désœuvrés. Elle ne comprend pas pourquoi elle est venue là. Des hommes la suivent du regard en faisant semblant de travailler. Elle traverse des cours d'immeubles, des jardins d'églises occupés par des adolescents à moto. Et par moments, elle prend peur, parce qu'elle sent à nouveau cette rigidité dans la nuque. En débouchant sur le quai, elle voit des touristes embarquer pour les îles. Elle se cache dans l'ombre. Elle entre dans un bar, où il n'y a que des prostituées et des marins américains habillés en blanc. Elle dit : « How do you do ? »

— Fine, thank you. What's your name ?

— My name is Muriel.

Et tout le monde rit à cause de son accent français. Elle aurait aimé avoir le temps de les connaître. Dehors, les marins la rappellent : « Muriel ! Muriel ! » mais elle continue à marcher comme si ce n'était plus elle. Elle a l'impression de s'être éteinte comme une ampoule morte. Il s'est mis à pleuvoir. Plus tard, elle aperçoit un rassemblement autour d'un tram. Les gens crient : « Oh povero cane ! » Le chien couché sur les rails respire encore en ouvrant et en fermant ses paupières. Elle est saisie d'une telle angoisse qu'elle a envie de le prendre dans ses bras.

Elle est allongée dans la chambre de l'hôtel. Alex est assis à côté d'elle, sur le bord du lit, avec son imperméable et son chapeau. Il a l'air terriblement coupable.

— Tu vas mieux ?

— Je ne sais pas. J'ai dû te faire peur.

— Tu veux que je mette la radio ?

Elle reste pelotonnée dans les draps pendant qu'il allume la radio, en cherchant une station française. Il fait déjà nuit. Elle s'aperçoit qu'elle a gardé un œil ouvert, comme le chien. Elle crie doucement. Il a rallumé la lumière pour lui faire une piqûre de calmant. Elle s'endort en écoutant la radio. Le lendemain, elle le cherche à côté d'elle : il s'est enfermé dans l'ancienne chambre d'Aldo. Elle lui dit d'ouvrir, qu'elle veut l'embrasser tout de suite. Mais il doit avoir honte de lui.

— Ouvre-moi, je te promets que ce n'est pas ta faute.

Elle l'imagine tout à coup, avec son bouddha dans les bras, en train d'écouter derrière la porte et de se faire des reproches. Elle préfère le laisser tranquille. Elle téléphone à sa mère, en Alsace.

— Mais d'où tu m'appelles ?

— De Naples.

— Est-ce que je t'ai dit que ta sœur et ton beau-frère avaient déménagé ?

— Non.

Les pluies sont tombées toute la semaine, en inondant les cours et les rues insalubres du quartier espagnol.

— Ce sont des pluies de printemps, dit-il en balançant un parapluie bleu au-dessus de leurs têtes.

Elle remarque que l'air est resté invraisemblablement doux. Elle dit qu'elle voudrait monter tout en haut de la ville. Il se souvient que la station du funiculaire se trouve du côté de la Via Roma. Quand ils arrivent tout en haut, ils aperçoivent les bateaux perdus sous la pluie, la limite de la terre. Ils redescendent à pied. Dans le cloître de Santa Chiara, il n'y a jamais personne en fin d'après-midi, excepté une vieille dame qui nourrit les chats. Ils s'assoient sur les bancs du déambulatoire. Elle regarde l'eau ruisseler sur les feuilles des arbres pendant qu'il lit son journal.

— Les Italiens m'appellent le « boxeur stylé », tu ne trouves pas que c'est beau ?

Elle fait oui. Elle voudrait lui dire que ce n'est jamais la faute de personne, quand on souffre. Mais maintenant c'est terminé. Le jardin est planté de palmiers et d'hibiscus, avec des tonnelles de pampre. De temps en temps, un moine passe devant eux, chaussé de sandales trop grandes qui font du bruit.

— Buongiorno. Brutto tempo ! lance-t-il en les regardant à la dérobée.

— Alex, il faut qu'on fasse un enfant, tu m'entends ?

— J'entends.

Elle a l'impression que l'évidence de son consentement rend ses yeux encore plus clairs. Elle a tourné la tête.

— Alex ?

— Quoi ?

— Comment on fait pour avoir un style ?

Épilogue

Elle est la jeune ouvrière qui descend du car, en fin d'après-midi. Elle revient de l'usine de Sélestat avec deux filles de son âge et elles rient pour un rien en traversant la route nationale. De l'autre côté, le long des plantations de tabac, les ondes de chaleur font un bruit de vibration qui ressemble à celui des lignes électriques. Le garde-chasse dit que ce n'est pas du tout une chaleur exceptionnelle en Alsace. Elle ne sait pas quoi dire. Elle est la petite dactylo que son fiancé attend devant la gare de Benfeld. Il est resté dans la voiture et elle l'embrasse par la vitre. Il la ramène chez ses parents en s'arrêtant un moment au bord de l'Ill. Ils sortent les couvertures du coffre. Un enfant crie : « Muriel, où es-tu ? » En bordure du bois, les camions frigorifiques sont alignés deux par deux, près de l'entrée de l'entrepôt Müller. Le terrain s'étend pratiquement jusqu'à l'ancienne voie ferrée, et les chauffeurs paraissent minuscules, quand ils descendent de leur camion. On entend la retransmission d'un match de tennis. Il doit être un peu plus de six heures. Elle est dans la cuisine, en train de laver des feuilles de salade et de préparer le repas. Les enfants jouent devant la cour en parlant portugais. Ce sont les trois fils de Manuel, l'ouvrier qui vient de temps à autre réparer la maison. Sa mère dit qu'elle ferait mieux de secouer les feuilles dans la cour, au lieu de mettre de l'eau partout. Elle va jusqu'à la porte. Elle ne remue plus beaucoup depuis qu'elle est enceinte. Le jardin est suffocant. Un homme en chapeau de paille est penché, avec un arrosoir à la main, au milieu d'un nuage d'insectes. Par les fenêtres, on entend le pok-pok des balles de tennis.

Elle se bouche les yeux avec les mains. Elle est la jeune employée du magasin de Strasbourg, dont la maison est un peu plus loin, au bord de l'Ill. Elle a déjà une petite fille qu'elle va chercher chez ses parents en rentrant du travail, et elles reviennent toutes les deux par le car de Benfeld. Elles ont des roses, des vagues de roses dans leur jardin. Quand elles se parlent, elles se tournent le dos, comme dans un film. De l'Italie, elle ne se souvient pratiquement plus de rien. Il ne lui reste que le souvenir d'une émotion qui n'appartient pas à notre système solaire.

De l'autre côté de la haie de sapins, qui sépare la cour de l'entrepôt Müller, il y a une clairière où un ouvrier débite du bois à la scie électrique. Il a les yeux bridés. Elle lui a déjà parlé par-dessus le grillage. Sa mère dit qu'Anna est bien plus raisonnable, et qu'avec son mari, ils ont préféré attendre encore un ou deux ans avant d'avoir un enfant. Elle ne peut pas répondre. Elle s'assoit sur le seuil de la porte en secouant la salade. Elle a envie de répondre que ce n'est pas une affaire de volonté, mais de soumission. Dans le fond de la cour, on a installé les cages des faisans avec celles des poules, sous un appentis où sont rangés les outils et les vélos bâchés. Elle regarde la télévision en croisant les genoux. Par moments, elle est comme un souffle qu'on a privé de corps.

Depuis la mort de sa femme, le garde-chasse a laissé les choses un peu à l'abandon, le potager n'est plus entretenu, ni le devant de la maison, de sorte que les myosotis poussent parmi la mauvaise herbe. Elle va jusqu'à la fenêtre. Les grands sont revenus de la piscine de Sélestat, avec leurs serviettes humides posées sur le porte-bagages. Ils ont laissé leurs vélos contre la grille d'entrée. Elle a l'impression qu'Alex est triste, depuis qu'elle attend l'enfant. Il passe ses journées enfermé dans la chambre. Elle enlève ses chaussures et monte l'escalier en tenant la rampe. Il a le visage tourné vers le mur. Il lui fait penser à ces astronautes qui n'ont cru passer que quelques jours dans l'espace, pendant que les autres sont devenus terriblement vieux le jour où ils reviennent sur terre. Elle se sent vieille en le regardant. Sa mère dit qu'ils auront passé leur vie à se manquer.

Ensuite elle presse les feuilles dans un torchon, avant de les verser dans le saladier. Toutes les occasions qu'on manque, quand elle y pense, toutes celles qu'il nous faut manquer pour que la vie se révèle être une chance. Peut-être même fallait-il qu'elle le perde pour venir plus près de lui. Elle ne sait pas. Maintenant elle est allongée contre lui. Elle a posé ses affaires sur la chaise. En bas, dans le jardin, un enfant crie : « Muriel, où es-tu ? » Sa mère répond que Muriel est montée se reposer dans la chambre et qu'elle descendra tout à l'heure. Le bruit des balles de tennis sert à mesurer le temps qu'on perd. Elle lui dit que le médecin doit venir lui faire une piqûre et qu'elle préférerait être seule pour le recevoir. Il lui caresse les seins, sans rien dire. L'enfant demande si Muriel viendra se promener avec eux au bord de l'Ill. Sa mère n'en sait rien. À cause du store, les murs de la chambre sont striés de barres de lumière. Ils entendent encore quelqu'un parler dans la cour. Le garde-chasse répond que la route de Benfeld est beaucoup plus loin, de l'autre côté du pont. Elle presse ses lèvres contre son oreille.

Les camions frigorifiques sont alignés deux par deux dans la cour de l'entrepôt Müller, et les chauffeurs, en fin de journée, font de grandes enjambées dans l'espace. Il doit être un peu plus de sept heures. Maintenant elle voudrait qu'il fasse nuit, qu'ils aillent se promener sur la route. Elle ferme la fenêtre. Le médecin lui dit de ne pas se contracter, de respirer normalement. Elle se rend compte que tout ce qu'on perd sur terre, le temps, la raison, est contenu dans une ampoule orange. Elle dit : « C'est déjà fini ? » Le médecin retire l'aiguille, en pressant tout de suite avec un coton. Elle a envie de s'endormir. Le cri des faisans fait monter la fièvre aux oreilles. Le médecin lui demande où il peut jeter l'ampoule. Elle essaie de se lever, en s'aidant des mains, pour l'accompagner jusqu'à la porte. Le garde-chasse est assis dans le fond de la cour, à côté de sa petite fille. Elle est allongée dans l'herbe, et, comme il est penché sur elle, on n'entend pas ce qu'ils se disent. Au-dessus d'eux, les arbres sont gris à force de chaleur. Son père l'a chargée sur ses épaules et il l'emmène ainsi, sur la route, qui est toujours étrangement blanche au soleil du soir. C'est leur heure de fiançailles. Le médecin lui dit gentiment de ne pas se déranger, il trouvera le chemin tout seul.

Alex ne dit jamais grand-chose quand ils sont ensemble. Il marche un peu en avant d'elle, les mains dans les poches de son blouson. Elle ne comprend pas pourquoi il est devenu triste, depuis qu'elle attend l'enfant.

— J'aurais voulu que ça se passe autrement, c'est tout.

— Que ça se passe comment ?

Les garçons sont allés dans le verger, avec un grand sac en toile pour ramasser des prunes. Mais il fait déjà presque nuit. Alex s'est assis dans l'herbe en la tenant par les jambes.

— Que ça se passe comment ?

— Bon, c'est tout.

— Arrête de dire « c'est tout », c'est pénible.

— Bon.

Il la regarde avec une attention terriblement fixe, comme si elle était un paysage. Elle a baissé les yeux. Derrière eux, les lumières de la maison sont allumées et le verger ressemble à une île perdue au loin. Les enfants secouent les arbres vides.

DU MÊME AUTEUR

Aux Éditions P.O.L

LE CORPS INFLAMMABLE, 1984

LA LENTEUR DE L'AVENIR, 1987 (Folio nº 4765)

LUDO & COMPAGNIE, 1991

WELCOME TO PARIS, 1994

SISSY, C'EST MOI, 1998 (Folio nº 3450)

L'HOMME-SŒUR, 2004 (Folio nº 4218). Prix du Livre Inter

Composition Interligne
Impression Novoprint
à Barcelone, le 10 juin 2008
Dépôt légal : juin 2008

ISBN 978-2-07-033852-8./Imprimé en Espagne.

143202